Das Licht

Eine Geschichte aus dunklen Zeiten.

Dieses Buch ist auch als
e-book
erhältlich.

© 2024 novum Verlag

ISBN 978-3-7116-0111-7
Lektorat: Yolande Scrocco
Korrektorat: Yolande Wüthrich
Umschlagabbildung: Gilbert Studinger
Umschlaggestaltung,
Layout & Satz: Gilbert Studinger

Die Autorin übernimmt die alleinige
Verantwortung für den Inhalt ihrer Bei-
träge. Der Verlag übernimmt keine Haf-
tung für die Richtigkeit, Vollständigkeit
oder rechtliche Zulässigkeit der Texte.
Der Verlag haftet nicht für eventuelle
Rechtsverstöße, die durch die Inhalte
verursacht werden.

www.novumverlag.com

Druckprodukt mit finanziellem
Klimabeitrag
ClimatePartner.com/16547-2311-1001

Dieses Buch widme ich meiner Familie, und unseren
Katzen, die ich von ganzem Herzen liebe!
Danke, dass es euch gibt!

Prolog

Wir reisen jetzt an einen Ort, der anders ist. Der nur aus Schönheit besteht und Wärme. Dieser Ort liegt verborgen auf einem abgelegenen Hügel, der aus Erde, Wasser, Bäumen und Leben besteht. Die Sonne scheint dort von früh bis spät.

Auf diesem Hügel gibt es eine Gang, die nur wenige Menschen zählt. Diese Gang nennt sich selbst <Das Licht>.

<Das Licht> festet fast jeden Abend auf diesem warmen Hügel – so wie auch an diesem Abend. Die Menschen lachen, trinken, essen, flirten miteinander und in den Gesichtern sieht man, wie glücklich sie sind und wie viel Spass sie haben. Und manchmal streiten sie auch. Aber warum sind diese Leute in dieser Lichtung? Und warum nennen sie sich <Das Licht>? Und was feiern sie fast jeden Abend? Und was ist das eigentlich für eine Gang?

Nun, das erklärt sich alles im Laufe der Geschichte.

Kapitel 1

"Es ist unglaublich. Marc Larien ist heute Präsident geworden. Wer hätte das gedacht", sagte ein Reporter im Fernsehen mit einem breiten Lächeln im Gesicht. "Ich hätte niemals gedacht, dass er Präsident wird, aber er ist es wirklich geworden. Vier Jahre lang wird er unser Land leiten. Es ist ein Glück, dass ER Präsident geworden ist und nicht Eric Walter. Marc Larien ist eindeutig die bessere Wahl. Ich will Sie aber nicht länger auf die Folter spannen. Hier kommt er live! Marc Larien, der neue Präsident." Der Reporter verschwand vom Bildschirm. Er wurde von einem Mann um die Dreissig ersetzt. Er stand auf einer Bühne. Er hatte schönes, blondes, sorgfältig geschnittenes, dichtes Haar und strahlend blaue Augen. Er lächelte gewinnend in die Kamera und sprach in die aufgestellten Mikrofone: "Liebe Mitbürgerinnen und Mitbürger, ich bedanke mich von ganzem Herzen für das Vertrauen, das Sie in mich gesetzt haben, und ich freue mich auf unsere gemeinsame Zukunft. Ich werde mein Bestes geben für dieses, unser Land, für euch. Aber nur zusammen werden wir unsere Ziele erreichen, Grosses vollbringen. Es ist eine Art Teamwork, nicht wahr? Ich will auf Ihre Unterstützung zählen können. Ich brauche Sie. Ohne Sie kann ich meine Aufgaben als Präsident nicht erfüllen. Ich freue mich, sagen zu können: Ich bin euer Präsident; und das verdanke ich Ihnen. Ihr habt die richtige Wahl getroffen. Ich werde euch nicht enttäuschen!"

Larien grüsste kurz mit der Hand und entfernte sich von der Bühne. Es kam wieder derselbe Reporter wie vorher: "Was für eine beeindruckende Rede. Ich glaube, dieser Mann hat das Zeug dazu, in die Geschichte einzugehen. Er ist jung, gutaussehend und vor allem klug.

Ich danke ihnen fürs Zuschauen. Wir sehen uns morgen wieder. Ich wünsche Ihnen einen wunderschönen Tag."

Kapitel 2

Sechs Monate später.

Der junge Mann hiess Tommy.

Tommy spazierte eine sonnenüberflutete Strasse entlang. Glücklich und allein. Allein mit der untergehenden Sonne, ihrer sanften Wärme und seinem eigenen, immer länger werdenden Schatten. Der Tag wurde älter. Bald würde eine junge Nacht folgen und darauf ein neuer, junger Tag.

Den Unterschied zwischen Morgen- und Abenddämmerung konnte man gut spüren, dachte Tommy plötzlich.

Er ging im Takt der Musik, die aus seinen Kopfhörern kam – Go Johnny Go, von Eruption. Schaute, wie ein Discotänzer, nach links und dann nach rechts. Er fing an, den Beat sichtbar zu machen. Mit seiner Tasche holte er Schwung und drehte sich einmal um seine eigene Achse. Er liebte diesen Song.

Jetzt fing er sogar an, leise zu singen: "Keep on walking, come to eleven. Won't be long before you reach your heaven." Er konnte den Text auswendig. Er bekam einfach nie genug von diesem Song. Er hatte etwas Befreiendes. Er fühlte sich dann immer so, als würde er das Leben begreifen.

Da war er. Tanzte mit der Sonne, bis sie hinter den Gebäuden verschwand und die Dämmerung kam.

Er kam schliesslich dort an, wo er hinwollte. Zu seinem Auto. Unter einem der Scheibenwischer klemmte ein Strafzettel. Er zog ihn raus. Einen Hunderter. Er zerriss das Papier in vier Stücke und warf sie weg. Die Fetzen drehten sich kurz in der Luft, landeten auf dem Boden und tanzten auf dem Teer weiter.

Tommy öffnete die Tür des blauen Cinquecentos und stieg mit Schwung ein.

Er musste es zweimal versuchen, bevor das Auto ansprang.

Er fuhr aus der Stadt hinaus und auf die Schnellstrasse. Nach zehn Minuten bog er auf die Landstrasse ab und tuckerte weiter. Wunderschöner Weg, dachte Tommy. Dann kam ein sehr, sehr langer Tunnel. Im Tunnel war das einzige Licht, das es gab, von den Scheinwerfern des Autos. Sie erhellten kaum die Dunkelheit. Er fuhr ins Nirgendwo. Oder doch nicht? Am Ende des Tunnels schien ein Licht. Ein warmes Licht. Tommy rollte darauf zu.

Im Licht zeichneten sich die Gestalten von fünf Wächtern ab. Sie trugen Waffen. Tommy hielt vor ihnen an und drehte das Fenster runter.

Einer der Männer fragte: "Was ist das für ein Licht dort?" Tommy antwortete: "Es ist die Hoffnung."

Der Mann nickte: "Willkommen. Joe? Stimmt's?"

"Nein, Tommy", sagte Tommy.

"Verdammt. Schöner Abend noch." Während er das sagte, schlug er kurz auf das Autodach. Für Tommy klang es wie ein Donner. Er kontrollierte mit einem schnellen Blick, ob das Dach eine Beule hatte.

Tommy winkte noch kurz und fuhr dann los.

Die alte Kiste quälte sich tapfer den Hügel hoch. Sie hatte so viel Mühe, dass man das Gefühl bekam, sie würde es nicht schaffen und wieder rückwärts rollen. Sogar mit durchgedrücktem Gaspedal. Aber sie kam hoch.

Der Weg brachte ihn zu der verborgenen Lichtung. Er holte aus und holperte in eine Lücke zwischen den parkierten Autos hinein. Er drehte den Zündschlüssel, zog ihn heraus und stieg aus.

Er ging ein paar Schritte im leicht feuchten Gras. Überall gab es Lagerfeuer und darum sassen Menschen. Er hörte sie lachen. Er roch den herben Geruch des verbrannten Holzes und hörte das Knacken Abertausender Funken.

"Hey!" Er winkte jemandem zu.

Er lief zu einem der Feuer. Die Leute, die dort sassen, machten ihm Platz. Jetzt gehörte Tommy auch zum Kreis.

Bevor er irgendetwas sagte, zündete er sich eine Zigarette an. Ihr Rauch vereinte sich mit dem Rauch des Feuers. Es war wunderschön. Er hörte all die fröhlichen Stimmen und die Wut wuchs wieder in seiner Seele. Er wollte wieder zurück in die Stadt. Weg aus dem Versteck. Ihnen das Fürchten lernen. Scheiben zerbrechen. Ein Zeichen setzen. Seinen Hunger stillen.

Er hatte laut gedacht. Eine alte Frau, die ihm gegenübersass und ihn durch das Feuer beobachtete, sagte: "Warum musst du dir immer schlechte Karten machen? Du weisst doch genau, dass es riskant ist. Die werden dich irgendwann bekommen, und dann? Was machst du dann? Schon allein das, was wir hier machen. Verstehst du? Es will dir einfach nicht in den Kopf, was?"

"Ich will doch nur gegen diese Typen sein. Ausserdem habe ich Hunger", sagte Tommy.

Die alte Frau zeigte mit ihren alten Händen auf eine Wurst, die auf dem Feuer gegrillt wurde.

"Ich will keine Wurst", sagte Tommy trotzig. "Ach Scheisse. Man sollte nicht streiten. Die Zeit vergeht einfach zu schnell, findest du nicht Mary?"

"Du hast recht, Tommy", sagte Mary mit überzeugter Stimme. Sie zeigte mit ihrem Finger auf Tommy und sah ihn dabei schräg an. "Aber streiten gehört nun mal zum Leben. Und streiten bedeutet auch, dass man eine Meinung hat, von etwas überzeugt ist. Man sollte einfach nicht über sinnlose Sachen streiten, wie zum Beispiel eine Wurst, wenn du verstehst, was ich meine", grinste sie. "Aber was viel wichtiger ist, man muss einen Streit beenden können. Einen Punkt setzen können. Ewig zu streiten, ist nicht gut. Das ist dann Zeitverschwendung. Aber das tun wir ja nicht. Meistens haben wir es gut zusammen."

Tommy nickte und lächelte dabei.

"Joe will aussteigen", meinte Mary. "Er hat gesagt, er möchte ein normales Leben führen. Hab ich dir das schon gesagt?" Tommy schüttelte den Kopf: "Ein normales Leben. Was heisst das schon? Ich kapier das nicht."

"Weisst du, ich glaube, es ist ihm zu anstrengend. Ein zu grosses Risiko." Mary zuckte kurz mit den Schultern.

"Die Wahrheit ist, er ist ein Feigling und zu faul, um für ein lebenswertes Leben zu kämpfen. Er ist bereits eine willenlose Schachfigur, eine Marionette, wie die meisten", widersprach Tommy. Er versuchte, eine Marionette zu imitieren, was ihm nicht ganz gelang. Sie mussten beide lachen, weil er eher wie ein Roboter aussah.

"Fall mir nicht ins Feuer", sagte Mary dem sich kugelnden Tommy.

"Ich kann nicht mehr", sagte er erschöpft und mit tränenden Augen. Er zeigte mit dem Finger nach oben und verstellte seine Stimme: "Wenn du nicht das machst, was der Puppenspieler will, dann schneidet er dir die Fäden durch." Sie konnten einfach nicht mehr aufhören zu lachen.

"Pscchhhhht", flüsterte Tommy und versuchte, sich zu kontrollieren. Er schaffte es. Nein, doch nicht. Ihm kam wieder ein blöder Gedanke: "Hör sofort auf zu lachen, sonst schneide ich dir die Fäden durch." Es fing wieder von vorne an. Beide lachten sich krumm und bucklig. Tommy drohte, wieder ins Feuer zu fallen, fing sich aber auf.

Sie kriegten sich wieder einigermassen ein.

Nach einer Weile sagte Mary: "Ich habe einen Liedtip

für dich. Höre dir das an, wenn du Zeit hast." Sie zauberte einen Zettel aus dem Nichts heraus und reichte ihn Tommy. Er nahm ihn. Darauf stand, mit einem Bleistift gekritzelt:

Long As I Can See The Light
Creedence Clearwater Revival

"Mach ich. Danke." Er steckte den Zettel in seine Hosentasche.

"Es ist ein gutes Lied", sagte sie.

"Ich werd's mir anhören, versprochen. Und ich sage dir auch ehrlich, wie ich es finde." Tommy lächelte Mary an. Sie nickte und erwiderte das Lächeln. Ein herziges Lächeln, dachte Tommy.

"Ich möchte dir etwas sagen, Tommy", fing Mary an. Tommy schaute sie fragend an. "Hmmmm?"

"Wenn das hier schief kommt und es eine Zeit gibt, wo du dich alleine fühlst und am Boden liegst und glaubst, du könntest nicht mehr aufstehen, weil dir die Kraft dazu nicht reicht, dann nimm irgendetwas und stütze dich darauf. Egal was es ist. Sei es eine Person, sei es ein Lied, sei es ein Gefühl, sei es die alte Mary. Hohl dir die Kraft, um aufzustehen. Und glaub mir, die Kraft wird da sein." Tommy nickte still. Er glaubte ihr, ja, er glaubte es ihr.

"Na dann. Wir sehen uns." Tommy stand auf und ging zu seinem alten Auto. Bevor er einstieg, drehte er sich um und sah, wie Mary ihm zuwinkte. Er winkte ihr zurück und ahmte noch einmal den Roboter nach. Mary musste lachen. Tommy lächelte zurück.

Er stieg ins Auto und rumpelte den Weg hinunter.

Als er erneut zu den fünf Männern gelangte, öffnete er wieder das Fenster: "Gute Nacht, Leute."

"Wo willst du denn jetzt schon wieder hin?", fragte einer der Männer.

"In die Stadt." Er schloss das Fenster und fuhr weiter.

Kapitel 3

Tommy fuhr zu einem Parkplatz und stellte dort seinen Wagen hin. Er drehte die Scheinwerfer aus. Stieg in die Nacht hinaus. Machte die Tür zu, schloss aber nicht ab. Warum auch, niemand würde auf die Idee kommen, das Auto zu klauen. Und wenn, so wäre er ziemlich dumm.

Am Boden lagen Steine. Er hob ein paar davon auf und steckte sie in die Jackentasche. Seine Hände fühlten sich unangenehm gipsstaubig an. Er rieb sie an der Hose ab.

Er spazierte ein wenig herum und sah eine geschlossene Bäckerei.

Er zog sich das rot-weisse alte Tuch, das er um den Hals trug, über die Nase. Dann nahm er zwei der Steine und warf sie mit Wucht gegen die Scheibe. Sie zerbrach sofort und gleichzeitig ging auch der Alarm los. Er rannte zum eingeschlagenen Schaufenster, griff sich das ausgestellte Gemüsebrot und rannte wieder davon.

Mit den übriggebliebenen Steinen schlug er noch die benachbarten Schaufenster ein.

Er rannte zu seinem Auto und wollte losfahren, doch das Auto sprang nicht an.

Er sah, wie die Lichter in den Häusern angingen, und er hörte die aufgeregten Stimmen der Menschen.

"Scheisse. Spring schon an. Na los." Jetzt hörte er sogar Sirenen.

"Na los. Komm schon. Komm schon. Jaaaaa." Der

Cinquecento sprang an.

Tommy drückte auf das Gaspedal und fuhr in die entgegengesetzte Richtung der Sirenen. Er sah im Rückspiegel noch kurz, wie die Polizeiautos vor der Bäckerei hielten. Er bog ab.

Er fand eine kleine, ruhige Strasse. Er hielt das Auto am Strassenrand an und ass, was er geklaut hatte. Mmmmh, war das fein. Viel besser als diese langweilige Wurst, die ihm Mary angeboten hatte. Tommy versuchte, es sich im Sitz bequem zu machen. Er schlief ein.

Kapitel 4

Er wachte auf, als jemand an sein Fenster klopfte: "Bitte entschuldigen Sie, ich möchte gerne aus meiner Garage raus. Könnten Sie vielleicht ein wenig vorwärtsfahren, mit Ihrem ... Auto", fragte der Mann, angestrengt bemüht, Tommy nicht in die Augen zu sehen.

"Das ist ein Cinquecento, Sie Arschloch", schnauzte ihn Tommy verpennt an.

"Sie sollten nicht so unhöflich werden. Was machen Sie überhaupt hier?", sagte der Typ mit gerunzelter Stirn.

"Hören Sie, das geht Sie einen verdammten Scheissdreck an. Und ja, ich verschiebe mein wunderschönes Auto. Noch was, Sie Penner: Das nächste Mal schauen sie mir gefälligst in die Augen, wie ein Mann."

"Sie wissen doch, dass man das nicht darf. Die Strafe ist fünfzigtausend. Sie wissen ja, das neue Gesetz zum Schutz jedes Einzelnen gegen aufdringliche Blicke." Der Typ schaute andauernd auf den Boden.

"Wenn Sie mich nicht endlich ansehen, dann poliere ich Ihnen die Fresse, kapiert?", sagte Tommy mit wütendem Blick.

Der Typ antwortete nicht. Tommy fuhr weg.

Er hielt eine Strassenecke weiter wieder an. Tommy stieg aus und genoss die Morgenluft. Sie roch nach Sommer. Er streckte sich. Die Sonne schien ihm ins Gesicht. Er schaute sie mit geschlossenen Augen an. Wer hat sie erfunden, dachte Tommy.

Er überlegte es sich, eine Zigarette zu rauchen, entschied sich aber dagegen. Er wollte den reinen, klaren Duft des Morgens einatmen.

Er griff nach dem Handy und setzte seine Kopfhörer auf. Er wählte Mustang Sally von The Commitments. Er liebte diese rauchige, rauhe Stimme. Tommy entfernte sich vom Auto. Er spazierte den Häusern entlang. Er sah allen entgegenkommenden Leuten bewusst direkt in die Augen.

Tommy grinste und seine Augen funkelten vor Freude. Die anderen hingegen schauten angestrengt auf den Boden. Fast wie eine Zombie-Stadt, dachte Tommy. Nein. Eine Zombie-Stadt.

Die Leute strahlten Angst und Unzufriedenheit aus. Tommy schaute jeder jungen Dame hinterher. Ein paar wenige lächelten verlegen in sich hinein. Eigentlich war es nur eine. Die anderen rollten ängstlich mit den Augen, als würden sie vom Wolf verfolgt.

Einer Dame fasste er sogar an die Schulter. "Hey, Mustang Sally", hauchte er sie an. Sie wich sofort aus und lief davon.

Tommy zuckte nur mit den Schultern: Mensch Leute, lebt doch. Ihr seid doch alle Marionetten. Er lächelte und dachte an Mary und an den Puppenspieler: Es ist verboten, sich anzulächeln, es ist verboten, sich in die Augen zu schauen, es ist verboten, sich zu berühren. Ihr könntet ja was Schönes daran finden, ihr Flaschen. Ach, egal. Ich lasse mir diesen Tag und meine Musik nicht durch diese hörigen Idioten verderben.

«Meine Musik» war gerade Willin' von Linda Ronstadt.

Tommy schloss kurz die Augen. Alles wurde so deutlich, die Musik, die Luft, die Sonne. Er war wie in einem Traum. Dann kam die Realität zurück. Er war an einem Ort gelandet, wo es fast niemanden hatte. Es sah schmutzig aus. Entlang der Häuser standen, aufgereiht, metallische Müllcontainer, die unangenehm rochen. Tommy fragte sich kurz, wie er hierher gelangt war. Dann sah er, wie eine junge Frau vor drei Männern davonrannte. Die junge Frau rannte in eine Gasse hinein. Es war eine Sackgasse, das wusste Tommy. Immerhin war er in dieser Stadt aufgewachsen.

"Scheisse", sagte Tommy und rannte ihnen hinterher. Vor der hinteren Wand der Gasse sah er die Frau, wie sie die Typen mit ihrer Tasche schlug. Doch es waren zu viele Angreifer. Einer packte sie am rechten Arm. Der andere griff nach ihrem linken Arm. Sie schrie nicht einmal. Sie schaute Tommy direkt in die Augen. Dann kickte sie mit ihren spitzen Schuhen einem der Kerle zwischen die Beine. Er fiel auf die Knie. Einer der anderen beiden hob eine Holzlatte auf, die dort herumlag. Er schlug ihr damit auf den Kopf. Sie ging zu Boden und regte sich nicht mehr. Der erste Kerl stand mühsam auf: "Die Schlampe, die machen wir fertig." Er trat ihr in die Rippen. Tommy schlug ihm mit der Faust ins Gesicht. Er stolperte und fiel auf alle Viere. Die beiden anderen Typen schauten grimmig zu Tommy. Er verzog das Gesicht. Sie waren nicht besonders gross, aber sie waren zu zweit. Und da kam auch schon der dritte wieder dazu. Jetzt waren sie sogar zu dritt.

"Leute, lasst sie doch einfach gehen, dann passiert euch nichts", sagte Tommy.

"Wie wäre es, wenn du dich verpissen würdest?", sagte einer der dreien.

Tommy grinste, obwohl er sich fast in die Hose machte.

"Kommt, wir verprügeln ihn", sagte einer. Die anderen zwei nickten und sprangen auf Tommy. Er versuchte zu fliehen, doch sie packten ihn am Kragen und rissen ihn zurück.

Die Frau lag bewusstlos hinten in der Ecke, während die drei Typen Tommy verprügelten.

Kapitel 5

Es war schon mitten am Nachmittag, als Tommy eine Hand an seinem Kopf spürte und langsam wieder zu sich kam. Er gab klagende Töne von sich. Er lag noch immer in der Sackgasse. Er dachte, er sei in der Hölle. Alles tat ihm weh. Seine Rippen taten weh und da war noch was an den Beinen. Einfach alles tat ihm weh. Sein Kopf tat ihm weh. Sein Gesicht fühlte sich geschwollen an. Wahrscheinlich blau, rot und violett gefärbt. Rocky Balboa, dachte er. Adrian, Adrian. Genau so. Er machte die Augen auf, so weit er konnte. Er sah eine junge Frau. Nicht die, die verprügelt wurde. Es war eine andere. Sie war schmutzig, hatte komische Kleider an und roch ein kleines bisschen nach Abfall. Ihre fettigen Haare waren nach hinten gebunden. Sie sah aus wie ein Penner.

Sie schaute Tommy an: "Wie geht es ihnen?", fragte sie herzerwärmend.

"Mir hat schon lange nicht mehr jemand ins Gesicht geschaut. Aber mir geht's beschissen. Mir tut einfach alles weh", sagte Tommy.

Er drehte mit Mühe den Kopf in die Richtung, wo die andere Frau bewusstlos gelegen hatte. Sie war weg.

"Ich kann Sie doch nicht einfach hier liegen lassen. Kommen Sie. Ich bringe Sie zu mir nach Hause. Schaffen Sie es, aufzustehen?", fragte die unbekannte Helferin.

"Ich versuch's."

Mit zweimal Schwung holen kam er auf die Beine. Jetzt war es noch schlimmer mit den Schmerzen. Die Frau legte Tommys rechten Arm über ihre Schultern und stütze ihn mit ihrem linken Arm. Es kam ihm vor, als würde jeder seiner schleifenden Schritte im ganzen Körper einen Stromschlag auslösen.

Er war schwer. Vor lauter Anstrengung wurde ihr Gesicht ganz rot.

Kapitel 6

Als sie endlich bei ihr ankamen, war sie ziemlich fertig. Sie wusste jetzt schon, dass sie am nächsten Tag schrecklichen Muskelkater haben würde.

Ihr Haus war ein Motel, das kein Motel mehr war. Sie bewohnte eines der Zimmer. Mit der rechten Hand suchte sie in der Hosentasche nach ihrem Schlüssel. Sie schloss die Tür auf und schleppte Tommy hinein.

Das Zimmer bestand aus zwei Räumen, die durch eine Tür getrennt wurden. Ein Wohnraum und ein kleines Badezimmer. Im Wohnzimmer hatte es einen kleinen Tisch, zwei Stühle, eine winzige Kochnische, einen Schrank, einen Fernseher und ein Bett mit zwei Nachttischchen. Im Badezimmer stand eine Badewanne mit einem Duschvorhang.

Die junge Frau liess Tommy vorsichtig auf das Bett gleiten.

Es sah sehr gut aus, ihr Motel, stellte Tommy fest. Nicht unsauber, wie er es sich vorgestellt hatte. Es sah wirklich gemütlich aus.

Die junge Frau ging in das Badezimmer und holte eine Tube. Sie entfernte den Verschluss, schmierte sich ein wenig Salbe auf die Finger und sagte: "Das ist gut für die Prellungen. Mach ich auch immer drauf."

Sie schmierte Tommy das Zeug ins Gesicht. Er sagte nichts. Er fand es ganz nett.

Sie zog ihm Hemd und Hose aus und schmierte ihm auch noch den Körper voll. Er war mehr blau als was anderes, aber gebrochen war wahrscheinlich nichts.

"Haben sie nicht ein bisschen Angst, einen fremden Mann mit in ihr Motel zu nehmen?", fragte Tommy.

"Erstens: In dem Zustand, wo sie jetzt sind, können sie nicht viel anrichten. Und zweitens: Ich habe nicht viel zu verlieren", sagte sie mit einer klaren Stimme, immer noch beschäftigt, Tommy zu pflegen.

"Man hat immer etwas zu verlieren", sagte Tommy. Er spürte, wie die kühle Salbe seine Schmerzen linderte.

"Ach ja? Und was wäre das?", fragte sie.

"Das Leben."

Sie schaute ihn an und grunzte.

"Vielleicht haben Sie ja recht", antwortete sie. "Ich weiss es nicht."

"Warum helfen Sie mir? Sicher nicht, weil sie Mitleid mit mir haben, oder?"

"Ich habe alles gesehen. Diese Typen, die Frau, wie diese Typen Sie zusammengeschlagen haben. Wie sie sich davon machten. Wie dann die Frau einfach an Ihnen vorbeigelaufen ist und Sie liegen gelassen hat. Einfach alles. Doch, ich hatte Mitleid. Ist das was Falsches?"

"Nein, überhaupt nicht. Danke, dass sie Mitleid hatten."

"Geht es Ihnen jetzt besser? Wollen Sie vielleicht einen Tee oder einen Kaffee?"

"Ein bisschen besser. Ein Kaffee wäre toll, danke."

Sie nickte und trat in die Kochnische.

Tommy richtete sich vorsichtig auf. Er sah sich im Raum um. Der Teppich neben dem Bett sah teuer aus. Der Fernseher war recht gross und das Radio sah sehr neu aus. Es gab noch andere wertvollere Sachen. Er fragte sich, wie sie das bezahlt hatte.

Sie brachte ihm den Kaffee.

"Danke", sagte Tommy und nahm gierig einen grossen Schluck aus der Tasse. Das war allerdings eine schlechte Idee, denn der Kaffee war heiss, sehr heiss. Er bekam einen roten Kopf und Tränen in den Augen.

"Zu heiss?", fragte sie. Tommy nickte und hatte das Gefühl, ein Drache zu sein.

"Aber sonst ganz gut", sagte er mit heiserer Stimme. "Sie sehen arm aus, aber Ihre Einrichtung nicht. Klauen Sie? Das würde mir nichts ausmachen, denn ..."

Sie unterbrach ihn: "Ich ... Ich war nicht immer arm." Sie setzte sich auf einen der Holzstühle. Er knirschte.

"Sie waren? Und warum sind Sie es jetzt nicht mehr?", fragte Tommy und nahm mit Vorsicht einen weiteren Schluck.

"Das ist eine sehr lange Geschichte und die würde Sie sicher nicht interessieren."

"Doch, sie interessiert mich sehr und ich habe ja Zeit."

Sie sah ihn mit einem skeptischen Blick an, als würde sie ihm nicht glauben.

"Wirklich", bestätigte Tommy.

Sie holte tief Luft: "Na schön. Ich wurde aufgenommen. Von einer Familie. Von einer sehr reichen Familie. Aber meine Adoptiveltern und meine Geschwister haben mich nie wirklich gemocht. Ich weiss auch nicht wieso. Vielleicht war ich einfach nur unmöglich. Ich weiss es nicht. Auf jeden Fall habe ich mich all die Jahre immer ausgeschlossen gefühlt.

Dann wurde dieser Marc Larien Präsident. Meine Familie war von ihm begeistert und machte alles, was er verlangte. Alles, was einem Spass macht oder schön ist, war jetzt einfach verboten. Nur wegen diesem Idioten. Na ja. Ich wollte das nicht, ich wollte leben. Ich empfinde es nicht als Belästigung, wenn mich jemand anschaut oder anlächelt, oder so. Ich mag es sogar. Man hat das Gefühl, dass man wahrgenommen wird. Dass man ist. Und ich schäme mich auch nicht, jemanden anzuschauen. Es ist normal, jemanden anzuschauen. Und es ist auch normal zu lächeln oder angelächelt zu werden. Es ist ein Zeichen, dass man sich gegenseitig bemerkt hat. Ein Zeichen, dass man sich mag, sich sympathisch oder schön findet. Oder so. Auf jeden Fall ist es keine Belästigung.

Meine Eltern haben mich nicht verstanden. Sie sagten, dass ich nicht mehr zur Familie gehöre. Sie sagten, ich solle meine Sachen packen und gehen. Sie haben mich vor die Tür gesetzt, wollten mich nie wieder sehen, nur weil ich nicht ihrer Meinung war.

Ich ging. Hatte ja auch keine Wahl. Ich fand dieses verlassene Motel, das anscheinend niemandem mehr gehört, und nistete mich ein. Ich kaufte mir die Einrichtung mit dem Geld, das ich auf die Seite gelegt hatte, als ich noch als Serviererin gearbeitet habe. Seitdem lebe ich hier.

Mein Geld reicht vielleicht noch für zwei Wochen. Ich muss mir was überlegen. Ich muss mir einen Job suchen, oder so.

Das ist alles. Jetzt wissen sie alles."

"Ich weiss noch nicht alles", sagte Tommy mit einem Lächeln.

"Was denn?" Sie schaute ihn schräg an und verstand nicht ganz.

"Wie sie heissen."

Sie fing an zu lachen.

"Oh, wie unhöflich. Ich heisse Himmelreich."

"Himmelreich. Schöner Name", wiederholte Tommy. "Ich heisse Tommy."

"Okay." Sie schaute runter zu ihren Händen, dann wandte sie sich wieder Tommy zu. "Bevor diese ganzen Regeln kamen, war mir nicht bewusst, wie lebenswichtig es für mich ist, jemandem in die Augen schauen zu können oder ihn anzulächeln.

Aber jetzt eine ganz andere Sache: Geht es Ihnen besser?"

"Wenn ich mich nicht bewege, dann geht es."

Himmelreich lächelte.

"Es ist vielleicht besser, wenn ich jetzt gehe", sagte Tommy.

"Oh, wie Sie wollen."

Sie stand auf und half Tommy auf die Beine. Er verzog sein Gesicht, aber dann schien es zu gehen.

"Danke. Danke, dass Sie mir helfen", sagte Tommy.

"Nichts zu danken. Hab ich gern gemacht", sagte sie.

"Sie sind ein netter Mensch, Himmelreich. Sie haben mir geholfen und vertraut", sagte Tommy mit einem Lächeln. Himmelreich erwiderte es.

Tommy ging zur Tür und öffnete sie. Er schritt hinaus, drehte sich noch einmal zu Himmelreich um und sagte: "Vielleicht sehen wir uns wieder."

"Wäre toll. Sie müssen mir auch etwas von sich erzählen. Sonst kenne ich Sie ja gar nicht richtig." Sie lächelte wieder. Tommy nickte. Er drehte sich zur Strasse um und ging.

Kapitel 7

Himmelreich schloss die Tür, immer noch mit einem Lächeln im Gesicht. Sie sprang auf das Bett, nahm die Fernbedienung und klickte auf einen Sender. Der Präsident erschien auf dem Bildschirm. Er war gerade dabei, einen Schluck Wasser zu trinken. Danach sagte er: "Ich bitte um Entschuldigung. Also, wo waren wir stehen geblieben? Ach ja, das neue Gesetz: Ab jetzt gilt, dass alle, die sich nicht an mein Sicherheitskonzept halten, mit Gefängnis bestraft werden. Ich ... Ich habe dieses neue Gesetz verfügt, weil ... weil wir so den Schwächsten unserer Gesellschaft Sorge tragen können. Sie müssen wissen, dass ich mich zu dieser Regel überwunden habe, weil so, und nur so, unsere Gesellschaft solidarischer, sicherer wird, der Schutz der Menschen effizient. Mit dieser Regel können wir sexuelle Gewalt aus dem öffentlichen Leben verschwinden lassen. Aber Gesetz ist das falsche Wort." Er holte tief Luft, dann fuhr er fort: "Segen. Es ist ein Segen für die Menschen ..." Himmelreich drückte auf Ausschalten und warf die Fernbedienung auf den Boden. Danach sagte sie angewidert: "So ein hübsches Gesicht, so perfekt und korrekt."

Kapitel 8

Tommy ging langsam zu seinem Auto zurück. Er musste an Himmelreichs Geschichte denken: "Vielleicht sollte ich diesen Präsidenten einfach umbringen?" Eine Mischung aus Wut und Verzweiflung kam auf.

Tommy wusste nicht genau, wie spät es war, aber die Sonne ging schon langsam unter, als er das Auto erreichte. Er stieg ein und fuhr los.

Er fuhr aus der Stadt und nahm die Schnellstrasse. Büsche und Wiesen huschten vorbei. Der riesige, rote Ball brachte die Landschaft zum Glühen. Tommy machte das Radio an. Das Auto war so laut, dass man die Musik kaum hörte. Es machte ihm nicht viel aus, er nahm einfach seine Kopfhörer: "Jolene, Jolene, Jolene, Joleeeeeeene, I'm begging of you please don't take my man." Tommy sang mit seiner tiefen Stimme mit. Und es klang gut.

Er nahm die Ausfahrt. Die Landstrasse hatte viele Kurven. Es machte Tommy grossen Spass, sie richtig schön zu nehmen, so wie man Walzer tanzt: Que Sera Sera. Tommy lachte. Das alte, klapprige Auto glitt rumpelnd durch die Gegend. Dieses Lied hatte etwas Beruhigendes. In dem Moment hätte Tommy sogar das Ende der Welt nichts ausgemacht. Es war ruhig in Tommys Seele.

Er genoss die Musik, die Landschaft und das Leben. Wenn alle Menschen mit der Musik eins werden könnten, dann würde allen klar werden, was leben bedeutet, dachte er. Aber dafür sind die Leute zu dumm, dachte er noch.

Er kam zum Tunnel mit dem Licht am anderen Ende. Er fuhr durch die Dunkelheit. Draussen standen wieder dieselben fünf Typen. Er machte das Fenster auf: "Habt ihr mich vermisst?" Und dann spielten sie das übliche Spiel: Einer der fünf sagte: "Was ist das für ein Licht dort?" und Tommy antwortete: "Es ist die Hoffnung."

"Willkommen Tommy", sagte der gleiche Mann.

"Danke Steve", sagte Tommy.

Er gab Gas und fuhr den Hügel hoch bis zur Lichtung. Er parkierte auf der Wiese, zwischen den anderen Autos. Er stieg aus und humpelte zu den anderen.

Er sah wieder Mary. Sie kam auf ihn zu. Mit einem Lächeln versuchte er zu flüchten, aber er war nicht schnell genug. Mary hielt ihn an der Schulter fest.

"Was ist denn mit dir passiert? Sie haben dich fast gekriegt, was?", schimpfte sie.

"Nein, haben sie nicht. Ich hab mich mit drei Männern angelegt, wegen einer Frau, die, so wie es aussah, meine Hilfe brauchte, und dann haben sie mich einfach zusammengeschlagen." Tommy ärgerte sich, dass Mary ihn so gesehen hatte, aber na ja.

"Musst dich halt auch immer einmischen, nicht!", sagte Mary, ohne eine Antwort zu bekommen. "Bleibst du heute Nacht hier bei uns?"

"Nein. Ja. Ach, ich weiss nicht. Mal sehen. Ich könnte diese Schlappschwänze verklagen wegen Körperverletzung."

"NEIN! Die bringen dich doch in die Kiste, du Idiot. Diese Gesellschaft ist nicht auf unserer Seite, das Gesetz ist nicht auf unserer Seite, verstehst du das nicht? Es gibt keine Gerechtigkeit für uns! Die hassen uns!

Du musst dich ins Gleichgewicht bringen, Tommy.

Warum machen wir denn das alles? Wir machen das, weil wir uns hier in die Augen sehen können, anlächeln können und Spass am Leben haben können, und weil wir wollen, dass die anderen Menschen das auch dürfen. Was hast du denn davon, wenn du im Knast bist? Nichts."

"Dann werde ich ihn eben umbringen."

"Wen willst du umbringen?"

"Na, den Präsidenten, wen denn sonst!"

"Bist du verrückt? Die bringen dich um. Irgendwann wird die Gerechtigkeit siegen und er wird bezahlen für das, was er gemacht hat, aber es braucht Zeit."

"Denkst du?", sagte Tommy liebevoll.

"Nein, ich denke es nicht, ich bin mir sicher." Sie lächelte und nahm Tommy in die Arme. Sie strich ihm ganz zart über den Rücken. Dann liess sie ihn wieder los: "Sei klug Tommy. Schade ihm, wo du kannst, aber achte darauf, dass es dir dabei gut geht. Anders funktioniert es nicht. Hab Geduld, aber warte nicht, bis die Welt wieder in Ordnung ist, geniesse das Leben hier und jetzt. Mit mir, mit allen. Sonst rennt dir die Zeit davon und du hast das Wichtigste verpasst. Verstehst du, was ich meine?"

Tommy nickte: "Ja. Ich verstehe es."

"Gut! Ich will dir eine Geschichte erzählen." Sie zeigte auf einen grossen Baum, der mitten auf der Lichtung stand. "Es geht um diesen alten Baum dort ..."

"Diese Geschichte hast du mir schon tausendmal erzählt."

"Na schön, dann halt nicht. Hast du dir mein Lied schon angehört?"

"Nein, noch nicht, aber ich werde es mir anhören."

"Okay. Ich geh was essen, kommst du mit?"

"Ich komm gleich nach."

Er entfernte sich von Mary und ging zum Rand der Lichtung, wo man vom Felsvorsprung ins Tal sehen konnte. Im letzten Rot der Sonne setzte er seine Kopfhörer wieder auf. Ein hypnotischer, metallischer Beat. Dann ein klagendes Echo. "I – can't see – you, mama – but I – can hardly wait ..." Er musste an seine Mutter denken. Sie war nie für ihn da. Sie war immer unterwegs, hatte immer etwas Wichtigeres zu tun. Sie war irgendwann mal, vor Jahren, gestorben. Aber sein Vater war anders. Immer für ihn da, bis der Tod sie trennte.

Die Dämmerung war herrlich, so warm, so rein. Er dachte an Himmelreich, mit ihrer klaren Stimme, ihren grau-grünen Augen. Er lächelte.

Eine Hand berührte seine Schulter. Er wurde aus seinem Tagtraum herausgeschleudert und zuckte zusammen.

Er zog seine Kopfhörer runter und drehte sich um.

"Hey Miriam, hey Alex. Was macht ihr denn hier?", fragte Tommy erstaunt. Er hatte nicht mit ihnen gerechnet, er dachte, es sei wieder Mary.

"Hallo Tommy", erwiderten Miriam und Alex wie aus einem Mund. Sie mussten lächeln. "Wir wollten mit dir die Aussicht geniessen."

Tommy nickte: "Und, wie geht es euch?"

"Uns geht es eigentlich gut. Die Sache macht uns nur etwas zu schaffen, aber sonst geht es uns gut. Und wie geht es dir Tommy?", fragte Miriam.

"Gut", antwortete Tommy. "Was denn für eine Sache?" Er schaute von der einen zum anderen.

"Was? Du weisst es nicht?", erschrak Alex.

Tommy schüttelte den Kopf. Er hatte ein komisches Gefühl im Bauch.

"Wir gehen doch weg von hier. Wir verlassen diesen Ort."

"Was? Moment mal ... Warum? Seid ihr verrückt?" Tommy war völlig aus dem Häuschen. Er verstand die Welt nicht mehr. Er hatte sie schon vorher nicht verstanden, aber jetzt, jetzt verstand er sie wirklich nicht mehr. Miriam und Alex waren doch immer voll dabei und jetzt wollen sie einfach so gehen, dachte Tommy.

"Wegen dem neuen Gesetz."

"Was für ein Gesetz?", fragte Tommy. In diesem Moment gab es nichts als Stille.

"Welches neue Gesetz?", wiederholte Tommy lauter.

"Jeder, der die Regeln nicht einhält, wird jetzt eingesperrt. Die lochen uns ein, Tommy. Die finden uns und wir werden alle im Knast landen. Ich will aber nicht in den Knast. Ich möchte noch so lang wie möglich mit Miriam zusammen sein. Wir können nicht hierbleiben. Wir gehen in ein anderes Land. Wo es besser ist. Du kommst doch mit? Oder willst du dich schnappen lassen?" Tommy war überfordert. Er verstand nichts.

"Nein! Nein! Nein!", schrie Tommy. "Wir müssen doch kämpfen. Für die Freiheit, für die Hoffnung. Ich ... ich verstehe das nicht. Dafür sind wir doch da, wir, Das Licht."

Er verstummte und rieb sich die Stirn.

"Wann geht ihr?"

Die zwei anderen machten einen Schritt zurück.

"In fünf Tagen", antwortet Miriam schüchtern.

Es herrschte Stille. Tommy wusste nicht, was sagen.

"Kommst du mit?", fragte Alex und machte wieder einen Schritt nach vorn.

"Scheisse", schimpfte Tommy. "Ich ... Scheisse, ich weiss es nicht. Was ... was mach ich denn jetzt?" Er konnte nicht stillstehen.

"Komm mit uns! Wir reisen in eine neue Hoffnung, in Das Licht am Ende des Tunnels", sagte Alex mit tiefer Stimme und legte seine Hand auf Tommys Schulter.

"Das ist nicht so einfach. Ich gehöre hierher. Ich kann

nicht. Ich weiss noch nicht."

"Tommy, dein Scheissleben könnte davon abhängen. Ich weiss, wir sind die Hoffnung und wir sind Das Licht, aber irgendwann ist auch Schluss. Verstehst du? Wir haben getan, was wir konnten. Irgendwann ... irgendwann hat das Leben Vortritt."

"Sollten wir nicht lieber hierbleiben und kämpfen für das, was wir lieben, anstatt wegzugehen und alles aufzugeben? Ihr lässt euch von diesem Arschloch von Präsidenten vertreiben? Gebt euer Recht auf, hier zu leben?"

"Hey. Hier geht es nicht um unser Recht. Es geht um Leben oder Knast ... oder vielleicht sogar um Tod. Er hat schon viele kaputt gemacht. Und wir werden nicht hierbleiben und warten, bis sie uns kriegen. Ich will die Sonne aufgehen sehen, kapiert?" Auch Alex wurde lauter.

Tommy kratzte sich am Kopf und sagte mit einer etwas ruhigeren Stimme: "Ich schaue mal. Ich habe ja noch fünf Tage." Tommy wandte sich von Miriam und Alex ab.

"Tommy", rief Alex und versuchte ihn aufzuhalten. Es gelang ihm nicht.

"Lass ihm Zeit, Alex", sagte Miriam.

Alex nickte

Jetzt war das Feuer die einzige Lichtquelle. Die Sonne ging jetzt an einem anderen Ort auf. Irgendwo, aber nicht hier. Hier würde sie erst wieder morgen zu sehen sein.

Tommy ging zu Mary und setzte sich. Er nahm sich

was zu essen.

"Du bist wütend oder irre ich mich?", sagte Mary, ohne ihn anzuschauen.

"Du irrst dich", fauchte Tommy.

"Hast du das auch gewusst, dass Das Licht verschwindet?", fragte er scharf und sah dabei Mary schräg an.

"Ja, das wusste ich", antwortete sie trocken und schaute ihn dabei an.

"Aber ...?"

"Aber ich gehe nicht mit. Ich gehe später."

"Und warum?" Man konnte ihn fast nicht verstehen, weil er den Mund voll hatte.

Mary sah zum Himmel. Dann sagte sie: "Ich will mich verabschieden von diesem Hügel, von diesem Ort. Und dafür brauche ich Zeit. Und ich muss noch was erledigen."

"Warum sagt ihr mir das erst jetzt?"

"Wir haben es erst vor ein paar Stunden entschieden."

Tommy nickte.

"Du warst nicht da", sagte Mary.

"Ach nein?"

Nach längerem Schweigen fuhr Mary fort: "Ich weiss, dass du diesen Ort liebst, genauso wie ich. Wir wissen beide, dass es keine einfache Zeit ist. Dass sie sogar sehr anstrengend ist und dass man viel Energie braucht. Dass man sich oft allein fühlt, auch wenn man es nicht ist. Aber ... es gibt auch andere schöne Orte. Und es gibt immer noch ein anderes Leben. Ein gutes Leben, anders, aber gut. Und dieser Ort bleibt für immer. Vielleicht ändern sich die Zeiten ja wieder, bevor ich sterbe, und wir können hierher zurückkommen. Ich bin sicher, dass es so sein wird. Wir werden gehen, aber wir kommen wieder." Sie lächelte.

"Aber ich will nicht aufgeben, ich will mich nicht verstecken", murmelte Tommy und sah auf den Boden.

"Wir verstecken uns nicht. Wir brauchen Abstand und Sicherheit. Eine klarere Sicht über die Lage. Neue Kraft. Neuen Mut. Verstehst du?"

Tommy nickte und sagte: "Und was ist, wenn es nicht so kommt?"

"Das wird es. Vertraue mir."

Er nickte wieder und stand auf.

"Wo willst du hin?", fragte Mary.

"Wo soll ich denn schon hin! Auf den Mond?"

Dann ging er.

Kapitel 9

Der Morgen war herrlich. Die frühe Sonne lächelte Tommy durch die Windschutzscheibe an und liess ihn wach werden. Er hatte gestern neben einem Park angehalten, der voller duftenden Blumen und saftigen Büschen war. Tommys erster Gedanke war: Vielleicht sehe ich Himmelreich noch einmal, wenn ich Glück habe. Ich könnte zu ihr gehen … aber die "Arbeit" ruft.

Er griff nach seinem Hut, der auf der Rückbank lag, stieg aus dem Auto und mischte sich unter die Passanten. Er stiess mit jemandem zusammen, nahm ihm geschickt die Brieftasche weg, grüsste ihn höflich mit seinem Hut und wiederholte das Ganze in einer anderen Strasse. Er fand es lustig, andere zu bestehlen. Natürlich erschraken die Leute, als er sie anrempelte und sich mit einem Lächeln im Gesicht entschuldigte. "Pardon", sagte er. Und manchmal sagt er auch: "Entschuldigung." Alle schauten grimmig zu Boden. Die sollten sich mal entspannen, würde ihnen guttun, lachte sie Tommy aus. Und stahl weiter.

Einer, den Tommy bestohlen hatte, empörte sich laut: "Sie belästigen mich. Dieser Mann hat mich belästigt." Aber niemand interessierte sich dafür. Tommy schaute sich schnell um, um zu sehen, ob es irgendwo Polizisten hatte, aber da waren keine. Also machte er weiter: Er rempelte, bestahl, hob den Hut, entschuldigte sich lächelnd und wechselte die Strasse.

Am Ende des Tages hatte er doch recht viel zusammenbekommen. Er war glücklich über seine "Arbeit". Er hatte genug, um es eine Woche lang auszuhalten.

Kapitel 10

Seit er sich vor drei Tagen mit Alex, Miriam und Mary gestritten hatte, war er nicht mehr auf der Lichtung gewesen. Jetzt sass er auf einer Bank neben der Landstrasse und er wusste immer noch nicht, was er tun sollte. Er wollte nicht dort hochgehen, bevor er eine Entscheidung getroffen hatte. Er wollte nicht inmitten aller stehen und sich im Stress entscheiden müssen.

Er war hin und her gerissen: Ich liebe diesen Ort. Es ist ein wunderschöner Ort, doch wenn die anderen nicht mehr da sind, was ist dann? Ich wäre allein. Ich wäre wirklich ganz allein. Ausser Himmelreich hätte ich dann niemanden mehr. Aber Himmelreich zählt nicht, ich werde sie wahrscheinlich nie wieder sehen. Ich kann nicht hierbleiben. Ich muss mit. Das ist die einzige Familie, die ich noch habe. Ich muss mit. Ich meine, wenn ich hierbleibe und sie sind nicht mehr da, dann werde ich wahnsinnig unter diesen Menschen. Mit wem könnte ich dann sprechen? Mit niemandem. Ich wäre allein mit all den Arschlöchern. Ich kann nicht. Ich gehe mit.

Die Entscheidung war getroffen, er würde mitgehen, so musste es sein. Hier konnte er nicht bleiben. Allein.

Er ging zu seinem Auto, stieg ein und fuhr los.

Ich muss mich noch von der Lichtung verabschieden, wie Mary. Vielleicht kommen wir ja irgendwann wieder zurück, wer weiss, dachte er.

Er fuhr schnell. Gestresst, hastig. Als würde jetzt, wo die Entscheidung getroffen war, plötzlich die Zeit drängen. Als wäre er zu lange weg gewesen, als hätte er sie zu lange warten lassen.

Er liess den Cinquecento richtig aufbrüllen. Auch in den Kurven blieb er auf dem Gas. Jedes Mal sah es so aus, als ob das Auto kippen würde, aber es blieb schön auf seiner Spur.

Es wurde langsam dunkel, als er beim Tunnel ankam. Er hielt an. In der Dämmerung wäre ein Licht nicht schwer zu sehen gewesen, doch am anderen Ende des Tunnels gab es kein Licht. Vielleicht ist Steve betrunken, dachte Tommy. Gab aber nicht wirklich Sinn. Denn wenn er das gewesen wäre, wäre er einfach von jemandem ersetzt worden. Sonst würde ja jeder rein- oder rausgehen können. Er überlegte nicht lange, gab Vollgas und raste mit seiner alten Kiste durch den Tunnel. Tommy spürte plötzlich, wie Schweiss von seiner Stirn ran. Er wischte ihn hastig mit seinem Handrücken ab. Er wusste nicht, warum er jetzt schwitzte. Vielleicht wollte er es aber auch nicht so genau wissen.

Dort, wo der Tunnel in der Dämmerung endete, sah er, schwach, am Boden liegende Haufen. Sein Herz schlug wie verrückt und er hatte kalt.

Am Ende des Tunnels lagen fünf Männer tot am Boden. Einer von ihnen war Steve. Fassungslos stieg Tommy aus.

"Oh Gott! Nein! Oh nein, Steve! Was ist passiert?",

flüsterte Tommy. Entsetzen entstellte sein Gesicht. Er ging neben Steve in die Hocke, schaute, ob er noch lebte, aber das war nicht der Fall. Er tat dasselbe bei den anderen vier. Sie waren alle tot. Erschossen. Das Blut war noch nicht trocken. Sie waren noch nicht lange tot.

Was ist mit Mary?

Tommy stieg in Panik wieder ins Auto ein. Er drückte die Kupplung und drehte den Zündschlüssel. Der Cinquecento hustete, aber sprang nicht an. Er versuchte es noch einmal, mit dem gleichen Ergebnis. Die Tankanzeige war auf Maximum, wie immer. Sie war schon lange kaputt. Wie viele Kilometer bin ich gefahren? Dachte er. Zu viele. Der Tank ist leer.

Tommy überlegte nicht lange. Er sprang aus dem Auto und fing an, wie ein Verrückter die Strasse zur Lichtung hinaufzurennen. Die Luft kam ihm kalt vor, obwohl es ja Sommer war.

Als er endlich oben ankam, war er ausser Atem. Er hielt an und stützte seine Hände auf den Knien ab. Er rang nach Luft. Er hob seinen Kopf und sah sie im Widerschein des Feuers. Sie waren alle tot. Ihre Körper lagen überall herum. Er hatte es gewusst. Tommy fühlte sich wie Fieber. Keine Zeit. Plötzlich hatte er doppelt so viel Puste. Er rannte von einem zum anderen. Es lebte keiner mehr. Kein einziger mehr. Tommy war umgeben von Toten.

Er fand Alex und Miriam. Er kniete sich neben sie hin und sagte leise: "Alex, Miriam, wieso?" Warme, weiche

Tropfen fielen auf sein Gesicht und seine Hände. Beide hatten Schusswunden. Ihre Gesichter waren vor Angst entstellt. Sein Blick fiel auf eine andere Leiche. Er rannte hin. Es war Mary. Sie war auch tot.

TOT! ALLE WAREN TOT!

"NEEEEEIN!", schrie Tommy. "NEIN! WIESO? WARUM SIND SIE ALLE TOT? WARUM TOT? WARUM?"

"Nicht Mary." Er kniete sich auch neben Mary hin. Er fing an zu zittern und zu weinen. Er legte sein Gesicht in seine Hände und hörte nur noch seinen Atem, den Regen und das gegen das Wasser ankämpfende Feuer, sonst nichts. Es war noch nie so still gewesen auf dieser Lichtung, dachte Tommy.

Nach einer Weile nahm er die Hände vom Gesicht und legte sie auf Mary. Auch sie hatte zwei Schüsse in der Brust. Auch ihr Gesicht war vor Angst verzerrt. Ist das ein Albtraum? Ihr Ausdruck. Oh Gott, ihr Ausdruck, dachte Tommy. Mit der Hand schloss er ihre jetzt leeren Augen.

"Wer war das? Wer hat euch alle umgebracht? Wie kann man so etwas tun? Frauen, Männer, alle tot."

Tommy fühlte sich so schwach, so allein, so traurig. Der Regen lief über sein Gesicht und mischte sich mit seinen Tränen. Sein T-Shirt klebte ihm am Körper. Er gab Mary ein wenig Schutz, doch sie wurde trotzdem nass.

Es war still. Zu still. Doch plötzlich nahm er ein ganz leises "Hilfe" wahr. Als Tommy das hörte, sprang er auf die Beine und schaute herum. Der Hilferuf wiederholte sich. Er sah, wie sich jemand schwach am Boden bewegte. Tommy rannte sofort dorthin. Es war ein Mann, den er nicht kannte.

"Oh mein Gott, sie leben noch", sagte Tommy.

Der Verletzte war, wie die anderen, angeschossen worden, nur lebte er noch.

"Ab-er nicht mehr lan-ge", klagte der Mann.

"Ich bringe Sie weg, in ein Krankenhaus ..."

"Nein. Warten Sie", unterbrach ihn der Mann. "Ich habe ... nicht mehr lan-ge. Sie mü-ssen wissen ... wer das war." Er verzog das Gesicht.

"Wer war es?", fragte Tommy dunkel und hart.

"Es ... es war ... das ..."

"Sagen Sie schon. Wer war es?", schrie Tommy. Der Mann am Boden schaute ihn mit müden, glasigen Augen an.

"Lariens ... Garde ... Es war seine ... Scheiss-Truppe. Sie ha-ben ... auf ... uns gescho-ssen ... wie ... Verrückte."

Die Wut in ihm wuchs und bekam ein Ziel.

"Lariens Privatarmee?", wiederholte Tommy.

Der Kerl am Boden nickte.

"Sie ... wurden geschickt ... vom ..."

"Präsidenten", sprach Tommy zu Ende. Er holte tief Luft und sagte trocken, wie zu sich selbst: "Wieso?" Der Kerl musste husten: "Ich ... weiss es nicht ..." Er fing ganz leise an zu weinen und hustete wieder.

"Sie ... stürmten durch ... den ... Tu-nnel ... sie ... haben meine ... Frau ... erschossen." Tommy fühlte sich hilflos. Er wollte alles für den Mann tun, wusste aber genau, dass er hilflos war. Und schon wieder kam die Wut. Er fürchtete sich vor dieser Wut, denn sie gab ihm das Gefühl, die Kontrolle über sich zu verlieren, unberechenbar zu werden.

"Ich nehme dich jetzt mit. Ich bringe dich ins Krankenhaus, okay? Du musst mir helfen, dich auf die Beine zu bekommen, okay? Komm. Komm her." Der Mann nickte leicht. Tommy nahm ihn unter den Achseln und versuchte ihn hochzuziehen. Als er schon auf halbem Weg war, ihn auf die Füsse zu bekommen, schrie der Verletzte vor Schmerzen auf, aber schliesslich stand er.

"Okay, geschafft."

Tommy rutschte auf die Seite, hob den rechten Arm des Mannes über seinen Kopf und legte ihn auf seine Schultern.

"Hast du ein Auto?"

"Scheisse ... ja ... dort drüben."

"Okay, ich brauche die Schlüssel." Tommy streckte ihm die offene rechte Hand hin.

"In meiner vorde-ren ... linken ... Hosentasche."

Tommy wurstelte den Schlüssel heraus und sie taumelten langsam zum Auto.

Als sie den roten E-Type erreichten, schloss Tommy die Beifahrertür auf. Er setzte den stöhnenden Mann langsam und vorsichtig auf den Sitz und schloss die Tür wieder. Er rannte auf die andere Seite und stieg ein.

Als Tommy den Zündschlüssel drehte, fauchte der Motor wie eine Katze. Das Auto hat unendlich mehr Kraft als der Cinquecento, dachte Tommy. Das ist gut für den Mann, wir werden schnell in der Stadt sein.

Er raste die Strasse hinunter, kam an seinem Auto vorbei und fuhr in den Tunnel hinein.

"Okay, du hörst jetzt nicht mehr auf zu reden, okay?", sagte Tommy.

"Was soll ... ich ... denn sagen?", meinte der Mann.

"Wie heisst du? Sag mir, wie du heisst."

"B-Billy Watson."

"Okay, Billy. Ich heisse Tommy."

"Tommy", wiederholte Billy.

"Noch besser. Ich schalte das Radio an und du summst zu einem Lied, das sie spielen. Okay? Okay Billy?"

"Okay. Ich habe ... noch ... eine CD ... drin."

Tommy schaltete den Player an und das ganze Auto füllte sich mit Solitary Man von Johnny Cash.

Sie fuhren im Regen durch einen Wald und sangen zusammen: "The girl who'll stay and won't play games behind me ... I'll be what I am ... a solitary man ..."

Die Gitarre perlte klar wie Kristall und die Stimme war dunkel und irgendwie stolz.

"Bring ... mich nicht ... ins ... Krankenhaus ... bitte", sagte Billy.

"Was? Warum? Wenn ich dich nicht ins Krankenhaus bringe, dann stirbst du." Tommy sah kurz zu Billy hinüber.

"Ich kenne da ... jeman-den ... der könnte mich wieder ... zusammen-flicken ... aber ... wenn du mich ... ins Krankenhaus bringst ... dann ... dann ... was willst du denen erzählen? Ich bin ... angeschossen ... worden?"

"Nein. Ich werde einfach etwas erfinden", sagte Tommy nachdenklich.

"Ach und was?"

Eine Zeit lang hörte man nur noch die Stimme von Johnny Cash, den Klang seiner Gitarre, das Brummen des Motors und den Regen, der auf die Windschutzscheibe schlug. Die Scheibenwischer gingen hin und her.

Dann sagte Tommy: "Wer ist dieser Kerl? Wo wohnt er?"

"Mike Hatter ... Webergasse 22."

"Na schön."

Billy hustete in seine Hand. Er wischte den blutigen Speichel am Hemd ab.

"Tommy."

"Ja, Billy?" Tommy schaute Billy kurz an.

"Du kannst ... die Menschen ... nicht dazu bringen ... in Freiheit zu leben ... wenn sie ... nicht wollen ... niemand kann das ... aber ... lass dir von niemandem ... dein Leben nehmen ... egal ... wie schwer es ist ... verstehst du ... was ich meine?"

Billy schaute hinüber zu Tommy und Tommy spürte, wie ernst es ihm war.

"Ja, ich weiss, was du meinst." Er nickte.

Sie fuhren jetzt auf der Schnellstrasse und Johnny Cash sang Further On Up The Road. Ein tolles Lied. Das Schöne daran war, dass man Cashs alte Stimme hörte. Sie war ganz zittrig und man merkte, dass er weniger Energie hatte. Aber genau das machte das Stück so speziell und so echt. Es war ihm noch nie so aufgefallen wie jetzt.

Nach einer Weile merkte Tommy, dass sie gar nicht mehr sangen. Er war so vertieft gewesen in seine Gedanken, dass er vergessen hatte zu singen.

"Hey, was hab ich gesagt? Immer singen" Tommy fasste mit der Hand auf Billys Schulter, doch Billy sagte nichts. Er stiess ihn etwas fester an, doch Billy rührte sich nicht.

"Billy? Billy?" Jetzt rüttelte er richtig an Billy, doch das Ergebnis war das Gleiche, keine Reaktion. Tommy kamen schon wieder die Tränen.

"Oh nein, Billy. Nicht tot sein, bitte. Du Scheisskerl, wir wollten doch zu diesem anderen Typen. Oh scheisse, nein."

Obwohl die Musik noch lief, war es plötzlich still. Als würde die Stille die Zeit verschlingen. Keinen Ton, keine Zeit. Tommy sah Billy an, um zu schauen, ob er wirklich tot war. Er war es. Er musste nicht einmal seinen Puls spüren. Dann kam die Zeit wieder und der Ton. Ganz plötzlich. Wie eine Bombe. Bumm!

Er fuhr durch die Gegend, heulend, und wusste nicht wohin. Er fuhr und fuhr. Eine Art Ewigkeit bildete sich in ihm. Eine Ewigkeit wie ein Loch voller Schmerz und Dunkelheit. Eine Strasse ohne Ende. Kein Ende. Kein Frieden. Nicht für Tommy. Wut. Wut und Trauer stopfte die Ewigkeit. Wut. Warum Wut? Es war die einzige Möglichkeit, um aus der Dunkelheit herauszukriechen. Doch eine Narbe würde immer übrigbleiben. Er sah rüber zu Billy. Er war fort.

Kapitel 11

Tommy hielt an einer menschenleeren Tankstelle. Niemand war da, niemand würde den toten Billy sehen. Er füllte zusätzlich einen Kanister, den er im Kofferraum entdeckt hatte. Er stieg ein und fuhr zurück zur Lichtung. Der Regen wurde stärker. Die Scheibenwischer liefen eindeutig besser als die des Cinquecentos und regelmässiger, viel regelmässiger. Hin und her, hin und her. Sie leisteten gute Arbeit.

"Ich ... ich werde etwas ändern, Billy. Ich kann das nicht so lassen. Ich werde Licht in die Dunkelheit bringen, ich schwöre es, Billy." Tommy redete mit dem toten Billy. Oder redete er zu sich selbst?

Er fuhr durch den Tunnel. Kam zu den fünf toten Männern. Er fuhr den Hügel hoch und hielt an. Er war viel schneller mit dem Jaguar als mit dem Cinquecento. Es kam ihm fast so vor, als hätte er etwas vom Weg verpasst. Es ging einfach plötzlich so schnell.

Er stieg aus dem Auto aus. Dann zog er Billy raus. Er legte ihn auf den Boden und schaute sich im Licht der Scheinwerfer um.

"Ich werde euch nicht einfach hier liegen lassen."

Das Licht bestand nicht aus vielen Menschen, vielleicht dreissig, aber es waren Menschen, darum wollte Tommy auch nicht, dass sie einfach hier liegen blieben und verrotteten. Sie verdienten es nicht, einfach hier zu verrotten. Das wollte er nicht. Also beschloss er, sie zu verbrennen.

Er ging zu jedem einzelnen Toten und sammelte die Autoschlüssel ein. Dann stieg er in jedes einzelne Auto und fuhr es in die Mitte der Lichtung. Er liess die Schlüssel in den Autos hängen und ging zurück zu den Toten. Er schleifte jede Person durch den Regen und den rutschigen Schlamm und setzte sie in ein Auto. Manchmal hatte Tommy das Gefühl, er würde zusammenbrechen und sterben. Er würde es nicht schaffen.

Er nahm Alex und Miriam und setzte sie auch ins Auto, in ihr Auto natürlich.

Er nahm Mary und setzte sie in ihr Auto. Dann setzte er Billy zu ihr.

Er packte auch alle Sachen, die herumlagen, in die Autos.

Dann stieg er zurück in den Jaguar, fuhr den Hügel hinunter und holte Steve und die anderen vier Männer, die vor dem Tunnel lagen. Er packte einen von ihnen in den Kofferraum, zwei auf die hinteren Sitze und die anderen zwei auf den Vordersitz. Er setzte sich ins Auto und seufzte laut. Dann liess er den Motor an und fuhr zurück zur Lichtung.

Geschafft, dachte Tommy, als er auch die letzten fünf Toten in ein Auto gesetzt hatte. Er war erschöpft und atmete schwer. Er ging zum Auto, das in der Mitte geparkt war. Daneben hatte er einen Berg Decken hingeworfen. Er zog sein Sackmesser aus der Hosentasche und zerschnitt die Decken in mehrere Streifen, dann goss er den Innhalt des Kanisters darüber. Er ging von Auto zu Auto, öffnete jeden Tankdeckel und stopfte je einen Streifen Stoff hinein. Dann nahm er sein Feuerzeug. Er zündete es an. Das Licht der Flamme erhellte Tommys Gesicht, der Rest lag im Dunkeln. Er liess das Feuerzeug wieder zuschnappen und alles erschien wieder im fahlen Licht der Scheinwerfer des Jaguars. Tommy nahm den Geruch von Benzin wahr. Damit hatte er aber kein Problem. Im Gegenteil, er liebte den Geruch von Benzin.

"Tut mir leid Leute." Jetzt hatte Tommy keine Tränen mehr. Keine Wut. Es gab nur ihn und das Feuerzeug, das er in der Hand hielt. Und viele Fragen. Sehr viele Fragen. Aber noch keine Antworten. Er atmete noch einmal tief durch, nahm seine ganze Kraft zusammen und zündete das Feuerzeug erneut an. Er schritt zum Auto, das in der Mitte parkiert war, und ging vor dem Stoffstreifen, der aus dem Tank hing, in die Hocke. Mit zitternden Händen hielt er das Feuerzeug an den Stoff. Das Feuer sprang sofort über. Er stand auf, lief zu den anderen Autos und machte dasselbe. Nur ein wenig schneller. Er hatte nicht allzu viel Zeit, dann würde hier alles in die Luft gehen. Tommy rannte zurück zum Jaguar und stieg hastig ein. Er steckte den Zündschüssel hinein, liess den Motor an und fuhr runter bis zum Tunneleingang. Dort hielt er an, stieg aus und sah, wie eine dunkle Rauchwolke sich im

Himmel über dem lodernden Feuer breit machte. Riesige Flammen schossen plötzlich mit ohrenbetäubendem Krach in den Himmel. Das Feuer breitete sich innerhalb von Sekunden über die ganze Lichtung aus. Es gab immer wieder Explosionen. Die Hitze reichte bis zu Tommy hinunter. Nach einer Weile fragte er zart: "Sagt mir Leute, gibt es dort, wo ihr jetzt seid, mehr Licht als hier?" Er war müde. Sehr sogar. Er hatte Schmerzen vom vielen Rumtragen und vom Ausrutschen. Er war erschöpft und nass und vor allem wütend. Er begriff nicht warum. Warum waren alle tot? Sie hatten doch niemandem was getan. Aber warum auch immer, die Mörder würden bezahlen.

Er stieg in den Jaguar zurück, sah dem Feuer noch eine Zeitlang im Rückspiegel zu, wie die Flammen sich bewegten, wie sie hell in der Dunkelheit leuchteten. Er stellte sich vor, wie das Feuer sich an den Autos, an den Menschen, die er liebte, nährte, bis nichts mehr übrig bleiben würde. Wie es alles zum Verschwinden bringen würde und nur noch ein Geruch von Rauch hinterlassen würde. Fast gar nichts würde übrig bleiben. Niemand würde sie finden. Niemand würde ihnen je wieder weh tun können. Das war endgültig vorbei.

Ohne es richtig mitzubekommen, schloss er die Augen und schlief ein.

Kapitel 12

Tommy hörte Schüsse. Sie trafen ihn in die Brust. Er wachte schweissgebadet im Jaguar auf. Es regnete immer noch und was ihn geweckt hatte, war wahrscheinlich ein Donner gewesen. Er atmete schwer, versuchte sich zu beruhigen. Draussen war es schon hell. Es war Morgen. Ein wilder Morgen. Er sah, wie der Regen entlang der Windschutzscheibe in Rinnsalen herablief. Er öffnete das Fenster, um frische Luft zu atmen. Er roch den Geruch von Erde, nassen Bäumen und Rauch.

Tommy stieg aus und ging zum Cinquecento. Er löste die Handbremse, stiess ihn weg vom Weg und versteckte ihn hinter einem Gebüsch. Er nahm seine Tasche aus dem Kofferraum. Das war sein Glücksbringer. Da hatte einfach alles drin Platz. Sein ganzes Leben.

Er entfernte sich von seinem Auto, stieg wieder in den Jaguar ein und brauste davon.

Die Strecke war immer noch dieselbe wie gestern und vorgestern, dachte er. Nichts hatte sich geändert. Gar nichts. Die Bäume standen immer noch am gleichen Platz. Entlang der Strasse. Die Strasse kümmerte es nicht. Sie kannte keine Sorgen. Keine Probleme. Entweder fuhren Autos darauf oder nicht. War der Strasse gleichgültig. Sie bestand aus irgendeiner Masse aus Steinen. Mit weisser Farbe darauf, die sie in eine linke Seite und eine rechte Seite trennte. Die eine führte irgendwohin und die andere führte ebenfalls irgendwohin. Wo man am Schluss ankam, war der Strasse auch egal.

"Was denke ich bloss? Ich muss verrückt sein."

Immer noch halb in Gedanken versunken, nahm er leise Musik wahr. Sie kam aus dem Radio. Plötzlich füllte sich das ganze Auto mit der Stimme von Robert Kelly. Tommy kannte nur dieses eine Stück von ihm. Er kannte es aus dem Film Hardball. Ein schöner Film, aber sehr traurig.

"I hollered help 'cause I was lost
Then I felt the strong wind"

Wie eine riesige Welle überkam ihn wieder diese Wut. Diese verdammte Wut, die ihn so unberechenbar machte. Jetzt wurde ihm alles wieder klar. Was passiert war. Wie es passiert war. Was er getan hatte. Wie er sie alle sah. Alle liegend. Bei diesem Gedanken hätte er kotzen können vor Wut. Dieses Arschloch, dachte er. Dieses verdammte Arschloch. Er war bleich vor Wut. Sein Kopf tat weh. Als würde eine Bombe darin wohnen und die ganze Zeit schreien: "LASS MICH RAUS! LASS MICH RAUS!" Bis er der Wut nachgeben würde.

"Der Teufel soll dich holen und der Teufel, der bin ich. Du wirst bezahlen für das, was du meinen Freuden angetan hast." Tommy lachte ein hasserfülltes Lachen: "Dieses Arschloch." Dann veränderte sich seine Stimme, als er sagte: "Was soll ich denn jetzt tun?" Es war nicht mehr Wut, sondern Verzweiflung.

"Ich gehe zu diesem Mike Hatter. Aber bevor ich das mache, gehe ich noch was holen."

Er fuhr in die Stadt und parkte seinen Jaguar vor einem Elektronikladen.

Er stieg aus, ging über das Trottoir und stiess die Ladentür auf. Ein freundliches "Klinnng" begrüsste ihn.

Es war ein mittelgrosser, weiss gestrichener Laden. Die Regale, die alle in die gleiche Richtung zeigten, waren vollgepackt mit Computern, Telefonen, Fernsehern und anderem Zeug.

Er sah sich ein wenig um, wusste aber nicht genau, welcher Computer für seine Zwecke der richtige wäre. Eine dicke Frau kam auf Tommy zugehastet. Er dachte, sie würde ihn mit ihrem riesigen Körper umwerfen. Sie hielt aber an und sagte ganz freundlich, jedoch ohne ihn direkt anzusehen: "Kann ich Ihnen behilflich sein?"

"Ja. Ich suche einen Laptop. Nicht zu teuer. Haben Sie so was?", fragte Tommy und schaute sie dabei freundlich an.

"Aber natürlich", sagte die dicke Frau, ohne zu lächeln. Sie hat eine unangenehme Ausstrahlung, fand Tommy. Das liegt wahrscheinlich daran, dass ich die Regeln breche und sie, wie es früher normal war, anlächle, dachte Tommy. Die dicke Frau war in sich zusammengefallen, als ob sie sich schämen würde oder sich verstecken wolle.

"Folgen sie mir." Sie drehte sich um und ging schaukelnd zum entsprechenden Regal.

"Hier. Der kostet 289.99", sagte sie und zeigte auf einen einfachen, dunkelgrauen Laptop.

"Ok. Ist er gut?"

"Was für eine Frage, natürlich ist er gut. Einfach zu bedienen, schnell, mit ziemlich viel Speicher und preisgünstig. Da machen Sie nichts falsch."

"Na schön, dann nehme ich ihn."

Sie schickte ihn schon mal zur Kasse und verschwand hinter einer Tür, die am anderen Ende des Ladens war. Nach ein paar Minuten kam sie mit einem Karton in der Hand zurück.

Die dicke Frau ging hinter die Theke und stellte den Karton neben die Kasse. Sie las den Barcode ein.

"Zahlen Sie mit Karte oder bar?", fragte sie.

"Bar", sagte Tommy und holte das Portemonnaie aus der Hosentasche.

Sie nahm das Geld und reichte ihm den Karton.

"Danke. Ich wünsche Ihnen viel Spass damit."

"Danke."

Tommy verliess den Laden begleitet von einem erneuten "Klinnng".

Auf dem nassen Trottoir kam ihm ein Mann entgegen. Ein alter, klappriger Mann. Eine gute Gelegenheit, dachte Tommy und tat so, als würde er stolpern und auf den alten Mann drauffallen.

"Entschuldigen Sie", sagte Tommy und schnappte sich, ganz unauffällig, die Brieftasche des Mannes. Der alte Mann schaute ihn nicht an, sondern lief, brummelnd, plötzlich viel schneller davon. Tommy öffnete die geklaute Brieftasche und schaute gespannt hinein. Zwei Fünfzigernoten, dachte er, gute Arbeit Tommy. Er steckte, mit einem Lächeln, die Brieftasche in seine leere Hosentasche. Als er das tat, sah er, wie zwei massige Polizisten auf ihn zukamen, und sein Lächeln verschwand. "Ach du Scheisse", flüsterte Tommy zu sich selbst. Er drehte sich langsam um und ging in einem schnelleren Tempo davon. Die Polizisten gingen ihm nach. Tommy lief schneller. Die Polizisten auch.

Sie sind hinter mir her. Wollen die mich auch umbringen? Dachte Tommy.

Jetzt fing er an zu rennen. Die Polizisten auch. Tommy war schneller. Er war dünner, leichter, fitter und rannte um sein Leben. Ein uralter Instinkt wuchs in ihm. Selbst mit dem Karton. Er liess all seine Muskeln arbeiten. Es ging nicht mehr ums Schnellsein. Es ging ums Überleben. Er ging leicht in die Knie, um sein Gleichgewicht besser zu halten. Besser ausweichen zu können. Noch schneller zu werden. Je mehr er sich auf das Überleben fokussierte, desto schneller wurde er. Je schneller er wurde, desto grösser war die Chance zu entkommen. Sein Körper zerschnitt die Luft. Seine Geschwindigkeit stoppte die Zeit. Er war unaufhaltsam geworden. Der Regen klatschte gegen seinen Körper. Sein Atem ging schnell, aber präzis. Keinen Atemzug umsonst. Seine Schritte waren lang. Seine Arme voller Schwung. Es ging hier um Leben und Tod. Seine Geschwindigkeit entschied.

Er stolperte über einen Obdachlosen. Beide fielen zu Boden. Der Obdachlose fluchte. Tommy stand, so schnell er konnte, wieder auf. Der Karton mit dem Laptop war auf den Boden gefallen. Tommy griff nach ihm, war aber nicht schnell genug. Einer der Polizisten packte ihn am Arm: "Hab ich dich, du Ratte!" Beide schnappten nach Luft.

"Was hab ich getan?", fragte Tommy unschuldig.

"Das hier", sagte einer der Polizisten und nahm das Portemonnaie aus Tommys Hosentasche und zeigte es ihm. "Sie haben flinke Hände, aber ich habe gesehen, wie Sie den Mann bestohlen haben. Oder sehen Sie so aus?" Er klappte die Brieftasche auf und zeigte Tommy einen Ausweis, der sich darin befand. Der Mann auf dem Bild sah überhaupt nicht wie Tommy aus. Er war alt und hässlich.

"Ups", sagte Tommy und verzog das Gesicht.

"Wissen Sie, was wir jetzt mit Ihnen machen?", sagte einer der Polizisten, ohne Tommy anzusehen.

"Wir sperren Sie ein. Sie wandern für mindestens zehn Jahre in den Knast. Sie werden alt aussehen, wenn Sie da wieder herauskommen. Wenn überhaupt."

"Sie kommen jetzt mit", sagte der Polizist, der ihn am Arm hielt. Der andere nahm seine Handschellen vom Gürtel.

"Tut mir leid, aber ich habe anderes vor, als im Knast zu schmoren", fauchte Tommy. Gleichzeitig stiess er mit aller Wucht seinen Ellenbogen in die Rippen des Polizisten, der die Handschellen hielt. Er liess sie japsend los und fiel auf den Boden. Tommy riss den Schlagstock des anderen Polizisten weg, der bereits nach seiner Waffe griff, und schleuderte ihn ihm ins Gesicht. Dabei brach er ihm die Nase. Blut spritzte heraus. Der Polizist ging wie ein nasser Sack zu Boden. Ohne zu zögern, trat Tommy ihm in die Rippen. Der Polizist schrie auf. Der andere Polizist rappelte sich langsam wieder auf. Griff ebenfalls an seine Wumme. Schnell und hart bekam auch er den Schlagstock ins Gesicht. Er traf ihn seitlich. Tommy liess den Stock fallen, nahm seinen Karton auf und rannte davon. Der Polizist mit der gebrochenen Nase blieb am Boden liegen. Der andere lief hinter Tommy her. Er zog seine Waffe und zielte.

"Jetzt hab ich dich, du Ratte", schrie er und drückte ab. Er verfehlte sein Ziel nur knapp. Schnell bog Tommy in eine Gasse ab und krachte in eine Mülltonne. Er stand sofort wieder auf und schaute sich hastig um. Hinter der Ecke hörte er die Schritte vom näherkommenden Polizisten. Er entschied schnell. Er öffnete die Mülltonne, sprang hinein und schloss leise den Deckel. Er bedeckte sich mit einem Haufen Müll und erstarrte. Schweissbäche rannen über sein Gesicht. Der Gestank war unerträglich. Wie der eines faulenden Kadavers. Alles war still.

Bis auf seinen schnellen Atem und den auf den Deckel prasselnden Regen. Er hörte, wie Schritte näherkamen. Immer näher. Langsamer. Noch langsamer. Fast schon zum Stillstand kamen. Dann hörte er keine Schritte mehr. Totale Stille. Sein Herz raste. Der Polizist stand direkt neben ihm. Er hört meinen Atem, dachte er. Wieder hörte er Schritte. Zuerst langsame, dann schnellere. Leisere. Die Schritte wurden immer leiser. Bis nur noch totale Stille war. Tommy war erleichtert. Aber der Geruch. Er brachte ihn fast zum Kotzen. Trotzdem blieb er noch eine Weile in seinem Versteck. Dann hob er ganz leicht den Deckel des Müllcontainers und schielte hinaus. Niemand. Niemand weit und breit. Er stieg vorsichtig raus und ging weiter in die Gasse hinein, bis zur nächsten Strasse. Die Luft war definitiv rein.

Kapitel 13

Tommy versteckte sich in einer dunklen, schmalen Gasse. Er beschäftigte sich zehn Stunden lang damit, den Ort zu studieren. Betrachtete die vierstöckigen, roten Backsteinhäuser. Leer und von der Zeit schon ganz schmierig. Sein Blick bewegte sich entlang der Feuertreppen, die an manchen Stellen schon zu rosten begannen. Eine schwarz-weisse Katze lag auf einer der Treppen und hatte wahrscheinlich das einzige trockene Plätzchen gefunden. Er schaute hoch und konnte nur einen dünnen, grauen Streifen Himmel sehen. Regen tropfte auf sein Gesicht. Immer wieder starrte er auf seine Uhr. Er wartete. Und wartete. Bis um vier Uhr morgens. Dann kam er aus seiner Gasse heraus und ging, von dem Licht der jetzt leuchtenden Laternen begleitet, der Strasse entlang. Unter dem Arm trug er den Karton mit dem Computer.

Er setzte seine Kopfhörer auf. Soothe Me erinnerte ihn an die hellrote Ampel in Blues Brothers. Ein toller Film.

Er lief entspannt und doch mitgenommen durch die Nacht. Die Nacht war völlig still. Sie atmete nicht. Sie passte sich nicht der Musik an. Sie tanzte nicht. Sie war nicht schön. Sie war nichts Spezielles. Sie war einfach nur Nacht. Fast schon eine tote Nacht. Aber war es die Nacht, die so war, oder eher Tommy?

Er kam zu einem Tante-Emma-Laden. Der verkaufte hauptsächlich Kleider, ein bisschen Elektronik und andere Sachen des alltäglichen Bedarfs. Die Kleider interessierten ihn.

Der Laden war natürlich schon geschlossen, aber das war genau das, was Tommy brauchte. Aus seiner Hosentasche fischte er ein Stofftuch und einen kurzen, stabilen Metalldraht. Das Stofftuch band er sich über die Nase. Mit dem Metalldraht öffnete er die Tür. Er stiess sie ganz langsam einen Spaltbreit auf und schaute vorsichtig in den Laden hinein. Er sah ein Gerät, das, sobald er die Tür weiter aufmachen würde, einen Alarm auslösen würde. Er lächelte unter dem Tuch, nahm den Metalldraht und steckte ihn in das Gerät. Jetzt machte er die Tür ganz auf. Nichts geschah. Er trat in den Laden hinein und schloss die Tür. Er sah sich um. Er ging ein paar Schritte und nahm sich das, was ihm gefiel. Ein Hemd, einen schönen Gürtel, eine Hose, Unterwäsche, Socken und Schuhe. Er ging zur Kasse, legte den Karton mit dem Computer hin und nahm die Magneten weg, die auf den Kleidungsstücken waren. Pock, und weg mit dem Magneten. Pock, und wieder weg mit dem Magneten. Als er fertig war, nahm er die Sachen und suchte nach der Ladentoilette. Dort wusch er sich die Hände und streckte den Kopf unter den Wasserhahn. Er rieb den ganzen Schmutz ab. Rieb so fest, dass sein Gesicht rot anlief. Dann trocknete er sich mit dem Handtuch ab und sah hinüber zu seinen Kleidern. Als er die Toilette verliess, sah er bezaubernd aus. Er hatte ein Unterhemd an, weiss, und darüber ein weisses Hemd, offen. Er trug eine blaue Jeans, dazu einen braunen Gürtel und braun-gelbe, sportliche Lederschuhe. Das Gesicht hatte er wieder unter demselben Stofftuch verborgen. Es gefiel ihm richtig.

"Mein Kampfanzug", sagte er und sah sich dabei im Spiegel an. Im trüben Licht drehte er sich nach rechts, dann nach links. I Want To Break Free. Tommy hatte seine Kopfhörer wieder aufgesetzt. Er nahm die Zipfel seines Hemdes und schwenkte sie hin und her zur Musik. Dann fing er an zu tanzen. Wie ein Street Dancer. Zuerst im Kreis. Sein Spiegelbild tat es ihm gleich. Dann entfernte er sich vom Spiegel und griff nach allem, was in der Nähe lag, um es dann mit einer kleinen Handbewegung wieder fortzuschmeissen. Er lief schneller, aber immer im Takt. Mit viel Schwung. Machte abrupte eine Pause, krümmte sich, als hätte ihm jemand in den Bauch geschlagen, und richtete sich wieder auf, als das Solo kam. Das Gitarrensolo. Ah, das Solo, dachte er. Das war sein Lieblingsteil. Er spielte es nach auf einer unsichtbaren Gitarre aus Luft. Der ganze Raum füllte sich mit Musik. Sein ganzer Körper füllte sich mit Musik. Er war wie unter Strom. Ja genau. Alles war wie unter Strom. Erfüllt von einer grossen Macht. Eine unbeschreibliche Macht. Tommy reckte die Arme in die Höhe: "I want, I want, I want, I want to breeeeeeeeeeeeeaaaaaaaaaaaaaak freeeeeeeeeeeeeee ..." Er lächelte. Die Musik wurde immer leiser, bis sie schliesslich ganz verschwand. Wie durch Nebel. Er nahm seine Arme herunter und blieb stehen. Die Energie aber war nicht verloren. Er ging, immer noch mit dem Lied im Ohr, leicht tanzend zurück zur Kasse, wo er sich seinen Computer holte. Er stecke ihn in eine Plastiktüte. Richtung Ausgang kam er an der Elektronikabteilung vorbei. Er sah einen Mini-Lautsprecher, der als Ausstellungsmodell diente, und blieb stehen. Er packte ihn in die Plastiktüte. Sieht nützlich aus, dachte er.

Er öffnete die Eingangstüre und schaute vorsichtig hinaus. Er schaute die nasse Strasse hinauf und hinab. Niemand. Kein Mensch weit und breit. Er hörte nur das leise Rieseln des Regens. Sonst nichts. Totale Stille. Ein sanfter Wind wehte durch den Türspalt und Tommy konnte den wunderbaren Geruch von nassem Asphalt wahrnehmen. Er öffnete die Tür ganz und schritt in die Nacht hinaus. Die Tür klickte wieder ins Schloss. Er ging ein paar Schritte und nahm das Tuch vom Gesicht. Hinter ihm hallte ein lautes, metallisches Geräusch durch die ganze Strasse. Er zuckte zusammen und sein Puls fing an zu rasen. Ohne zu überlegen, rannte er davon. Er sah über seine Schulter hinweg nach hinten. Niemand zu sehen. Bis sein Blick wieder nach vorn gerichtet war, lag er bereits am Boden. Er war mit jemandem zusammengestossen. Sein Herz pumpte noch schneller. Ein Polizist. Ein Polizist. Die haben mich entdeckt, dachte Tommy in Panik. Aber es war kein Polizist. Es war eine Gestalt, die völlig in Schwarz gekleidet war. Selbst das Gesicht war nicht zu erkennen, da es von einer schwarzen Kapuze bedeckt war. Die Gestalt rappelte sich auf und sah Tommy an, der noch immer völlig starr am Boden lag. Da fing die schwarze Gestalt an zu lachen. Richtig laut zu lachen. Es war eine Frauenstimme. Tommy begriff nicht. Er blieb wie ein Stück Holz liegen. Er konnte sich keinen Reim darauf machen. Die Gestalt machte eine kleine Pause und fing dann wieder an zu lachen.

"Was ist denn so lustig?", fragte Tommy ratlos.

"Dein Gesicht. Ich bin's. Keine Polizei." Die Stimme kam Tommy bekannt vor.

Die Gestalt zog die Kapuze ab und zu Tommys Erstaunen war es Himmelreich.

"Himmelreich?", sagte Tommy, als würde er es nicht ganz glauben.

"Ja", sagte sie und lächelte.

"Wie war das jetzt nochmal mit dem 'nicht klauen'?", meinte Tommy rhetorisch.

"Ich habe nie gesagt, dass ich nicht klaue." Sie sah ihn schräg an. Stille herrschte. Dann meldete sich der Himmel. Ein wuchtiger, lauter Donner liess sie beide zusammenfahren.

"Komm mit zu mir nach Hause ins Trockene", sagte Himmelreich.

"Ich dachte, du wolltest noch was klauen?"

"Das kann warten."

"Ich kann nicht. Ich hab noch was vor", sagte Tommy.

Das Rieseln verwandelte sich jetzt in strömenden Regen. Tommys und Himmelreichs Gesichter waren jetzt ganz nass. Sie sahen beide nach oben, wo die grauen, schweren Wolken sich noch mehr aufblähten. Blitze fielen und Donner krachten. Das Ende der Welt schien gekommen zu sein. Die Nacht war nicht mehr schwarz, sie war grau. Tommy nahm jeden Tropfen wahr und spürte Himmelreichs Nähe. Ihre Wärme in der kühlen Luft. Doch leider wurde alles unterbrochen. Seine Verbindung mit dem Regen und mit der Wärme von Himmelreich. Da waren Sirenen.

"Ach du Scheisse", fluchte Tommy. Es waren die Bullen. Schnell griff er nach seiner Plastiktüte und sagte: "Komm mit. Ich hab mein Auto in der Nähe geparkt." Tommy nahm Himmelreichs Hand und rannte los. Die Sirenen wurden lauter. Gefährlicher. Himmelreich konzentrierte sich auf Tommys Bewegungen. Er führte sie. Führte sie durch den strömenden Regen. In der Ferne färbten sich die glänzenden Häuserwände rot blau, rot blau, rot blau. Tommy zog an Himmelreichs Hand und sie legten noch einen Zahn zu. Die Sirenen wurden noch lauter. Noch gefährlicher. Dann hörte Tommy das wunderbar beruhigende Geräusch von quietschenden Reifen auf nassem Boden. Er riskierte einen Blick nach hinten. Die Bullen hatten an der Stelle angehalten, wo Himmelreich und er herkamen. Sie bogen in eine Gasse hinein und kamen auf der anderen Seite wieder heraus. Sein Jaguar stand immer noch da.

"Komm, steig ein." Ihre Hände trennten sich und sie sprangen in den Wagen.

"Das war knapp", sagte Himmelreich keuchend. "Alles in Ordnung mit dir?" Tommy schaute sie an und wusste nicht genau, was sagen.

"Mir geht es gut", antwortete er schliesslich. Aber es hörte sich wie eine Lüge an.

"Und was machen wir jetzt?", fragte Himmelreich.

"Ich bringe dich nach Hause." Er liess den Motor an und fuhr los.

"Tut mir leid für den Wagen", sagte Himmelreich plötzlich.

"Wieso denn?", fragte Tommy.

"Dass jetzt mein Sitz so nass ist."

"Ach ... meiner doch auch."

Ausdruckslos schaute er durch die Windschutzscheibe. Sie kamen an.

Himmelreich öffnete die Wagentür und sagte, während sie ausstieg: "Sehen wir uns morgen? Komm einfach vorbei, wenn du willst. Okay?"

"Okay", sagte er.

Himmelreich schloss die Tür mit einem Lächeln und ging. Sie öffnete ihre Haustüre und drehte sich nochmal um. Sie sah nur noch die roten Rücklichter, die immer kleiner wurden und durch den Regen nur noch schwer zu sehen waren. Sie lächelte und betrat ihr Motelzimmer. Er wird nicht kommen. Das tun sie nie, dachte Himmelreich. Sie schlüpfte rasch in ihr Pyjama und sprang aufs Bett. Sie schaltete das Radio an und schloss die Augen. Es lief Voodoo Master. Sie stellte sich vor, sie wäre in einem Urwald und würde diese Musik hören. Sie würde die Gesichter von aus Holz geschnitzten Statuen sehen. Sie würden sie umkreisen und sie anstarren. Ein paar würden lächeln, ein paar aber auch nicht.

Sie konnte nicht entkommen. Sie war umzingelt. Sie drehte sich um ihre eigene Achse und fand keinen Ausweg. Kein Entkommen. Himmelreich versuchte, eine dieser Statuen anzufassen, doch sie verbrannte sich die Hand. Komischerweise tat es ihr nicht weh.

Sie kniete sich hin und schaute nach oben. Der Himmel war voll mit Schlangen, die sich gegenseitig umschlungen hielten, spuckten und sie anfauchten. Sie kamen ihr nahe und bedrohlich vor. Plötzlich sprang ein Tiger aus dem Gebüsch. Auch er fauchte sie an. Sie erschrak ab seinem Gebrüll, stand auf und sah ihm direkt in die Augen. Er kam unglaublich nah. Der Tiger umkreiste sie. Die Statuen umkreisten sie. Alles bewegte sich. Der Tiger lief um sie herum, die Statuen sangen und die Schlangen fauchten weiter.

"Sag es ihm, Himmelreich", sprach der Tiger plötzlich.

"Wem? Was sagen?", fragte Himmelreich zittrig.

"Das mit Marc, Marc Larien."

"Wem ...?" Da fing der Tiger an zu grinsen: "Sag es

Toooooommmyyyyy." Alles wurde unfassbar laut und undeutlich. Es dröhnte in ihren Ohren. Der Tiger lachte und brüllte. Die Statuen sangen laut und die Schlangen fielen auf Himmelreich. Tausende von Schlangen.

Himmelreich erwachte verschwitzt und ausser Atem. Das Radio war immer noch an, aber jetzt lief Cry To Me.

"Was für ein Traum." Sie schaute auf den Wecker. Es war sieben Uhr in der Früh. Sie ging in die Küche und holte sich ein Glas Wasser, danach ging sie zurück ins Bett und schaltete das Radio aus. Sie schlief wieder ein und träumte was Schönes.

Kapitel 14

Tommy fuhr wieder zurück in die Stadt. Die Strassen waren leer. Still. Die Häuser waren ohne Licht. Ohne Geräusche. Ohne Bewegung. Still. Alle schliefen. Nur sein Jaguar schlich durch die Strassen und Gassen. Brachte Lärm in die Stille.

Tommy fand eine breite Gasse, die ihm gefiel. Er parkierte den Jaguar dicht an die rechte Wand und stellte den Motor ab. Stille legte sich auch über diese Gasse. Er streckte die Beine quer über die Vordersitze, verschränkte die Arme hinter seinem Kopf und machte es sich gemütlich. Lange konnte er nicht einschlafen. Seine Gedanken waren immer noch beim Licht. Alle tot. Er konnte es einfach nicht glauben. Alle tot. Er fühlte sich so müde, so erschöpft, so allein. Trotzdem konnte er nicht einschlafen. Ich konnte mich nicht einmal verabschieden, dachte er. Es verging eine Stunde. Er schaute zu dem immer noch nassen Beifahrersitz, wo seine Füsse lagen, und lächelte. Endlich schlief er ein, was auch nicht besser war. Denn sein Traum war ein Albtraum. Er träumte, dass er ganz alleine auf der Erde war. Ganz alleine. Die ganze Erde war leer. Es gab keine Pflanzen, keine Tiere, keine Menschen. Nichts. Nur Staub. Und er. Unendliche Weiten. Unendliches Alleinsein.

Er wachte am nächsten Morgen auf und hatte Angst, die Augen zu öffnen. Es hätte ja sein können, dass es kein

Traum gewesen war. Dass es Realität war. Was würde er dann tun? Was würde er dann tun? Er würde so sein wie in seinem Traum. Allein. Aber, es war nur ein Traum gewesen.

Also öffne deine verdammten Augen Tommy, dachte er. Du kannst nicht ewig die Augen geschlossen halten. Es war nur ein Traum.

Also öffnete er die Augen und natürlich war er nicht allein. Er sah ein paar Leute am Ende der Gasse vorbeigehen. Alle schauten auf den Boden. Wichen sich gegenseitig aus. Also war er nicht allein. Alles war wie immer. Es war nur ein Albtraum gewesen. Nicht die Realität. Aber war die Realität nicht gleich schlimm wie sein Albtraum?

Ich muss sie besuchen gehen, dachte er.

Er liess den Motor an. Schaute noch schnell auf die Tankanzeige. Gut. Dann fuhr er los.

Die Wolken waren schwer, vollgefüllt mit Wasser. Ein paar Tropfen prallten auf die Windschutzscheibe. Da kommt noch mehr auf uns zu, dachte Tommy und sah dabei hoch in den Himmel.

Er hatte recht, es würde noch mehr kommen, noch viel mehr.

Die Sonne schien kurz durch ein kleines Loch in der Wolkendecke. Tommy schaute hin und dachte: Dort regnet es nicht.

"Hey", sagte er zum Licht zwischen den Wolken.

Er fuhr durch die Gegend und musste dabei an das Lied

denken, das Mary ihm empfohlen hatte. Ich muss mir das noch anhören, dachte er.

"Wo war sie nochmal? Wie hiess das Motel? Sunny Side? Genau. So hiess es."

Tommy hatte recht mit dem Namen, es hiess wirklich Sunny Side. Und er fand es auch. Er parkierte und stieg aus. Er nahm die Plastiktüte mit, wo auch die kleine Soundbar drin war. Er lief zum Zimmer Nummer 9. Da sollte sie sein, überlegte er und klopfte zweimal an die Tür. Sie ist nicht hier, dachte er enttäuscht, doch sie kam, öffnete und sagte mit überraschter Stimme: "Tommy, du bist doch noch gekommen?"

"Ja, ich dachte, ich mach's einfach", sagte Tommy und wurde leicht rot dabei.

"Komm doch rein." Sie machte ihm Platz.

"Alles klar bei dir?", fragte Himmelreich und sah ihn mit einem schrägen Blick an.

Obwohl er geschlafen hatte, sah er immer noch furchtbar aus, blass mit schrecklich dunklen Ringen um die Augen. Völlig ohne Energie, ohne Kraft. Ganz im Gegensatz zu Himmelreich: Sie sah bezaubernd aus. Strahlte von innen. Stellte sich kraftvoll dem neuen Tag. Ihr dichtes, weiches, langes Haar glänzte. Anders als beim ersten Mal, wo sie Tommy gesehen hatte, war sie gut angezogen.

"Ja, mir geht's gut, aber du könntest mir einen kleinen Gefallen machen", sagte Tommy mit null Überzeugung.

"Was für einen?"

"Könnte ich bei dir duschen und eine Tasse Kaffee trinken?", fragte Tommy und schaute dabei auf die Badezimmertür. Er sah wieder zu Himmelreich, starrte sie an und wartete auf eine Antwort. Es war still. Himmelreich überlegte. Nach einer Weile meinte sie mit einem Grinsen: "Na schön. Du darfst das Badezimmer benutzen und du bekommst einen Kaffee, aber zuerst will ich was von dir."

"Alles, was du willst."

"Wenn du mir sagst, was passiert ist, warum du so aussiehst, dann kriegst du deine Sachen. Also, was ist geschehen?" Die Stille kam wieder, aber sie hielt länger als beim ersten Mal.

"Ich ...", stotterte Tommy und seine Augen füllten sich mit Tränen. "Die haben alle umgebracht."

"Wer hat wen umgebracht?", fragte Himmelreich mit ruhiger Stimme und entsetztem Blick.

"Es war Lariens Privatarmee, diese Schweine. Das Licht, alle tot. Alle erschossen. Alle erschossen von diesen Söldnern. Das Licht, weisst du, so nannten wir uns. Wir waren gegen diese neuen Gesetze. Wir wollten Freude haben, leben, frei sein. So wie wir zwei. Es war meine Familie. Das Licht wollte weg von hier, weil der Präsident diese Verschärfung beschlossen hat. Dass, wenn man die Regeln nicht einhält, man in den Knast kommt. Und Das Licht war ja immer gegen diese bescheuerten Regeln und daher würden alle im Knast landen. Ist ja logo. Aber es war nie die Rede von Umbringen." Tommy konnte nicht stillstehen. Er vermied Himmelreichs Blick, um die Kontrolle über seine Gefühle nicht vollständig zu verlieren.

"Ich wollte mit ihnen weg. Ich habe sie gefunden. Ich habe sie alle tot gefunden. Wir haben zu lange gewartet. Die Söldner waren schneller. Sie haben sie gefunden, sie erschossen und sie einfach dort liegen gelassen. Und dann kam ich zu der Lichtung. Wir trafen uns immer auf dieser Lichtung. Der Boden war übersät mit Leichen. Von meinen Freunden. Ich habe einen Überlebenden gefunden. Billy. Ich wollte ihn ins Krankenhaus bringen, aber auf dem Weg da starb er. Er starb. Er starb neben mir. Von Sterben war nie die Rede gewesen. Nie."

Er machte eine kleine Pause, um zu schlucken. Um wieder Halt zu finden. Er fand keinen. Seine Gedanken, die Bilder dieser Nacht kreisten wie wild durch den Raum. Er konnte sie nicht mehr kontrollieren, nicht mehr aufhalten, sie nicht mehr festhalten. Sie kreisten immer schneller. Er war ihnen völlig ausgeliefert. Er kriegte keine Luft mehr. Er bekam Panik.

"Erzähl mir mehr über Das Licht", sagte Himmelreich ganz ruhig. Tommy nickte wie ein Kind: "Wir waren vielleicht dreissig, ich weiss es nicht genau. Auf jeden Fall, wir hatten einen Ort, da trafen wir uns jeden Abend, da haben wir zusammen gefestet und gelacht. Wir wollten Freude am Leben haben, das war alles. Mary gehörte zu uns. Sie war eine alte Frau. Sie war fast wie meine Mutter.

Ich liebte sie. Sie war weise. Wusste, wie viel man für sein Leben kämpfen muss. Dass man kämpfen muss für das Leben, das man will. Sagte sie immer. Wusste aber um den Wert des Lebens. Trotz allem, was sie erlebt hatte, hat sie nie aufgegeben. Liebte sie das Leben. Bis man es ihr genommen hat.

Wir nannten uns Das Licht, weil wir uns als Hoffnung sahen, Hoffnung für Menschen wie wir, die Zuflucht suchen, Hoffnung im Widerstand für die Rückkehr in ein normales Leben.

Wir kamen zusammen als Larien Präsident wurde und diese neuen Gesetze beschloss, um angeblich die Menschen zu schützen."

"Erzähl mir noch was über Mary", sagte Himmelreich ruhig.

"Mary tat immer so, als könnte sie in die Zukunft schauen und wissen, was geschieht. Aber dieses Massaker hat sie nicht vorausgesehen. Und hätte ich mich nicht mit Miriam und Alex gestritten, dann wäre ich auch erschossen worden. Ich bin jetzt alles, was von Das Licht übrig geblieben ist." Tommy schaute zu Boden.

"Warum wurden sie alle erschossen?", fragte Himmelreich.

"Warum? Na, weil Larien und die Regierung uns tot sehen wollten. Wir sind Feinde. Wir hatten das, was Larien denen da draussen wegnehmen will: Nähe, Mitgefühl, Liebe. Das waren unsere Waffen gegen Larien. Verstehst du? Larien hat den Menschen Angst gemacht. Dann hat er ihnen Nähe, Mitgefühl und Liebe durch irgendwelche bescheuerten Gesetzte weggenommen. Und jetzt kann er sie kontrollieren. Sie wollen sich wieder Teil von etwas fühlen. Von etwas Grossem. Wichtigem. Was Gutes tun. Er gibt ihnen jetzt die Möglichkeit dazu. Er und nur er. Für alles andere sind sie blind. Aber eigentlich haben sie alles verloren. Er hat jetzt Macht über sie. Und sie merken es nicht einmal, diese Hohlköpfe.

Egal was mit Das Licht geschehen ist, wir haben gewonnen. Wir haben uns nichts wegnehmen lassen, wir haben die Gesetze nicht befolgt. Und darum waren wir nicht kontrollierbar. Und darum musste Das Licht sterben. Weil es eine Gefahr war. Gefahren muss man ausschalten. Und das haben sie ja auch gemacht. Aber die werden sich noch wundern."

Er hielt kurz inne, beruhigte sich ein wenig. Danach fuhr er fort: "Mary hat mir ein Lied aufgeschrieben. Sie sagte, ich soll es mir anhören." Er kramte in der Hosentasche nach Marys Zettel und suchte das Lied auf dem Handy. John Fogertys Stimme kam aus dem Gerät: Long As I Can See The Light. Tommy stellte sich vor, wie Mary dieses Lied hörte, und erinnerte sich daran, wie sie war. Das Lied passte zu ihr. Er erinnerte sich daran, wie sie lachte und wie sie ihm den Zettel entgegenhielt. Wie sie mit ihrer alten und zittrigen Stimme sagte "Ich habe einen Liedtip für dich. Höre dir das an, wenn du Zeit hast." Wo bist du nur Mary?, fragte er sich.

Tommy schloss die Augen und hörte der Musik zu, dem Text. Wie die Instrumente einen soliden Teppich woben und die Stimme sich darauflegte. Unabhängig und frei. Dann kam das Saxophon dazu. Die Musik wurde dichter und blieb doch ruhig. Bis der grosse Aufstieg kam und die ganze Energie freigelassen wurde. Verblüfft erkannte er, warum Mary dieses Lied ausgewählt hatte. Der Text, die Musik, es war Tommy. Es war sein Leben. Sein Wesen. All das steckte in diesem Lied. Mary hatte ihn besser gekannt als er sich selbst.

Jetzt weiss ich, warum sie dieses Stück so schön fand, dachte Tommy und öffnete wieder die Augen. Es war DAS Lied, es war einfach DAS Lied. Ich wünschte, ich könnte dir sagen, dass ich das Lied gehört habe und dass ich es wunderschön finde. Hast du gehört? Ich finde es wunderschön.

"Ein schönes Lied", sagte Himmelreich und sah dabei Tommy an.

"Es ist wunderschön", sagte Tommy, aber er sah ins Nichts.

Dann fing er wieder an zu sprechen: "Mary erzählte immer von einem alten Baum, der auf unserer Lichtung stand. Sie sagte, er wäre so alt, wie die Erde selbst. Sie sagte auch, er hätte gesehen, wie wir auf die Welt kamen, und er würde auch sehen, wie wir verschwinden. Ich glaubte nie an diese Geschichte. Aber vielleicht habe ich einfach nie verstanden, was sie damit meinte. Wie sie es meinte. Für sie war dieser Baum einfach wichtig. Und ich werde sie nie mehr fragen können wieso."

"Ich habe sie alle verbrannt. Auch Mary", sagte Tommy in die Stille hinein.

"Jetzt weisst du, warum ich so aussehe." Er lächelte ein wenig. Himmelreich erwiderte sein Lächeln: "Geh unter die Dusche, ich mache dir einen Kaffee." Tommy ging zur Badezimmertür und schloss sie. Himmelreich ging zur Kochnische. Sie zuckte zusammen, als ein Donner krachte. Sie hörte den Regen, der draussen fiel, und den Regen, den die Dusche erzeugte. Es war ein beruhigendes Gefühl.

Kapitel 15

"Wo soll ich dir den Kaffee hinstellen?", fragte Himmelreich.

"Stell ihn auf den Tisch, ich komme gleich." Er kam wirklich gleich. Er trug dieselben Kleider wie vorher. Er nahm die Tasse in die Hand und trank ganz vorsichtig. Danach zeigte er mit dem Daumen nach oben zu Himmelreich. Sie lächelte. Tommy setzte sich aufs Bett und trank weiter seinen Kaffee.

Himmelreich sah aus, als wolle sie was erzählen, aber nicht wisse, wo anfangen. Sie öffnete den Mund, schloss ihn aber wieder. Sie nahm ihren ganzen Mut zusammen und fragte: "Tommy?"

"Ja?", antwortete er und sah sie an.

"Als wir uns das erste Mal sahen, da sagte ich doch, dass du jetzt alles von mir wüsstest, aber das stimmt nicht ganz."

Tommy sah sie schräg an und sagte: "Aber das weiss ich ja. Kein Mensch erzählt alles von sich, nicht einmal Mary."

"Ja, aber das wollte ich dir eigentlich erzählen, ich hatte nur Angst ..."

"Wovor?", unterbrach Tommy.

"Ich weiss nicht. Vielleicht willst du danach nichts mehr mit mir zu tun haben." Sie zuckte mit den Schultern.

"Na dann fang mal an. Du brauchst keine Angst zu haben." Er nahm wieder einen Schluck Kaffee.

Himmelreich lächelte: "Also schön. Wo soll ich anfangen? Okay. Als ich noch bei 'meinen Eltern' wohnte, wollte ich unbedingt irgendetwas arbeiten. Ich wollte einfach unabhängig sein und die Arbeit in einem Restaurant hab ich mir schon immer toll vorgestellt." Tommy nickte und trank weiter seinen Kaffee.

"Da war ein Kunde. Der kam regelmässig am Abend und er wollte meistens dasselbe, einen Martini, ein Glass Wasser und etwas von der Karte.

Weisst du Tommy, damals war ich jung, dumm und allein. Ich hab mich verliebt. In diesen Kunden. Ich weiss nicht warum, aber es ist passiert. Was ich dir aber eigentlich sagen wollte, ist ..." Sie hielt kurz inne und schaute Tommy mit einem verzweifelten Blick an.

"Ist ...?", fragte Tommy neugierig.

"... dass der Kunde Marc Larien war." Sie schloss kurz die Augen. Für einen Moment war es still.

"Dein Freund?"

Himmelreich nickte ganz sanft. Sie hatte Angst, dass Tommy plötzlich ausflippen würde, sie anschreien würde bis in alle Ewigkeit. Doch das tat er nicht.

"Na ja, das geht mich eigentlich nichts an. Dann war er halt dein Freund, na und? Er ist ein Arschloch und das bleibt auch so. Bist du da der gleichen Meinung?"

"Ja klar", sagte sie rasch und sah sehr überrascht aus. Sie hatte diese Antwort überhaupt nicht erwartet.

"Ich dachte, du würdest wütend werden", sagte sie.

"Warum sollte ich wütend werden, weil du mit einem Arschloch zusammen warst? Das ist ja alles Vergangenheit." Als Tommy dies sagte, zuckte er mit den Schultern.

Himmelreich war sichtlich erleichtert.

"Hast du vielleicht Hunger oder so?"

"Gute Idee. Wenn du was hast?" Himmelreich nickte und ging zur Kochnische. Sie holte zwei Teller, zwei Gläser und Besteck. Tommy ging zum Tisch und setzte sich. Sie tischte kalte Sachen auf. Leberwurst, Schinken, Salami, Käse, Butter, Brotscheiben, Karotten, Gurken und ein paar Dips. Es sah köstlich aus. Ich mache mir ein Sandwich, dachte Tommy und nahm sich zwei Scheiben Brot auf den Teller. Er strich Butter und ein Dipp darüber, legte Salami, Käse und Gurken darauf. Er biss mit Genuss hinein. Er hatte schon lange nichts mehr gegessen.

"Möchtest du noch einen Kaffee?", fragte Himmelreich. Tommy lächelte: "Ja."

Sein Lächeln verschwand. Er versank wieder in seine Gedanken.

"Ich werde mir dieses Arschloch holen, Himmelreich. Er wird bezahlen für das, was er getan hat. Er wird sich wünschen, niemals existiert zu haben."

Er sah Himmelreich direkt in die Augen. Sie wusste, er sagte die Wahrheit.

Kapitel 16

Die nächsten Stunden verbrachten sie damit, sich gegenseitig Kindheitsgeschichten zu erzählen. Was für peinliche Sachen sie gemacht hatten oder welchen Unsinn. Träume, die sie gehabt hatten, und Albträume.

"Ich muss noch einen Freund besuchen gehen, um ihm eine Nachricht zu überbringen", wechselte Tommy das Thema.

"Du kannst ja jetzt gehen, wenn es dringend ist."

"Hey, es regnet nicht mehr", sagte Himmelreich und sah dabei aus dem Fenster.

Die Abendsonne schien durch die Wolken, aber der Wind wehte noch leicht.

Plötzlich sah Tommy Himmelreich mit glänzenden Augen an: "Ich möchte etwas machen, solange es nicht regnet."

"Was denn?", fragte Himmelreich.

"Komm mit." Tommy nahm Himmelreich an der Hand. Er griff nach seiner Plastiktüte und dem Handy und ging hinaus.

Die Sonne wurde schon älter und der Himmel färbte sich orange. Die Luft roch nach nassem Teer und feuchten Bäumen. Ein leichter, frischer Wind wehte die Gerüche herum.

Tommy steckte Himmelreich in den Jaguar und fuhr los.

Sie waren vielleicht zehn, fünfzehn Minuten unterwegs, zuerst auf der Schnellstrasse und dann auf der Landstrasse, als sie vor einer alten, mageren Brücke, die sich über einen mittelgrossen Fluss wölbte, anhielten.

"Was wollen wir hier?", fragte Himmelreich.

"Tanzen", antwortete Tommy. Sie rumpelten über die Brücke. Dann fuhren sie einen Hügel hoch bis zu einem Aussichtspunkt. Dort hielten sie an. Tommy stieg aus, nahm die Plastiktüte aus dem Auto, ging um den Jaguar herum und öffnete Himmelreich die Tür. Er streckte ihr die Hand entgegen, sie packte sie und stieg aus.

"Komm mit", sagte Tommy.

Sie gingen ein paar Schritte fast bis zur Kante des Vorsprungs. Die untergehende Sonne leuchtete rot über den Horizont.

Tommy stellte den kleinen Lautsprecher auf den noch nassen Boden. Auf dem Handy suchte er The Calypsonians von Taj Mahal. Der alte Blues füllte die ganze Luft.

"Was wird das denn?", sagte Himmelreich mit einem Lächeln. Tommy lächelte auch.

Er nahm Himmelreichs Hände und zog sie zu sich. Ihre langen Schatten verschmolzen. Himmelreich lachte und steckte Tommy damit an. Er liess sie an seiner ausgestreckten Hand drehen. Sie fand das lustig.

"Dieses Lied ist schön", flüsterte Himmelreich. Sie schmiegte sich an Tommy und lehnte ihren Kopf an seine

Schulter. Sie schaukelten nur noch hin und her. Ob man das Tanzen nennen kann? Ja, kann man.

Tommy schloss die Augen und hörte nur noch die Musik. Er spürte Himmelreichs Atem und die Wärme der Sonne. Er fasste ihr ins Haar. Es war warm und schwer.

Himmelreich machte einen Schritt zurück, sodass sie Tommy gegenüberstand: "Wo sind wir hier?"

"Am schönsten Ort der Welt", meinte Tommy.

"Nein, ich meine, waren sie hier, Das Licht?"

"Hier haben wir uns das erste Mal getroffen. Wir, Das Licht. Ich werde sie zur Hölle schicken, die, die das getan haben."

"Pass einfach auf dich auf. Diese Leute sind gefährlich. Unberechenbar."

Ohne etwas zu sagen, nahm er sie wieder zu sich. Himmelreich lehnt ihren Kopf wieder an Tommys Schulter. In den letzten Lichtstrahlen der untergehenden Sonne sah sie unzählige Wolken, die wie kleine Inseln in einem riesigen rot-orangen Meer aussahen. Als könne man zur Sonne schwimmen oder zu den leuchtenden Inseln. Wenn ich ein Vogel wäre, dann würde ich mit dieser Musik dorthin fliegen, dachte Himmelreich.

Könnten wir nur in die Vergangenheit reisen, dachte Tommy. Wo es an jeder Ecke eine Bar mit einer Jukebox gab. Wo man bis zum Morgengrauen tanzen konnte. Bis einem die Knie wehtaten. Bis man allein auf der Tanzfläche war. Bis man sich gegenseitig stützen musste, weil man fast einschlief. Eine Bar, wo man die Besten hören konnte: Elvis Presley, Aretha Franklin, Johnny Cash, Dolly Parton und noch viele mehr. Gleichzeitig wollte er, dass alles so blieb wie jetzt. Für immer.

Das Stück ging zu Ende. Sie hörten auf zu tanzen, setzten sich auf die Kante des Vorsprungs und sahen zu, wie die Sonne unterging. Sie hörten der leisen Musik zu, die im Hintergrund lief, und schauten den Sonnenuntergang an: orange, dunkelorange, rot, violett, dunkelblau. Sie machten einfach nichts. Die Sonne sank immer tiefer und tiefer, bis sie hinter dem Horizont verschwand. Das Licht war weg.

Kapitel 17

Sie sassen bereits wieder im Jaguar, als Tommy fragte: "Wie kam es eigentlich dazu ...?"

"Das mit Marc Larien?", fragte Himmelreich. Tommy nickte leicht. "Es geht mich eigentlich nichts an, ich weiss, aber ..."

"Nein, nein. Ist schon okay. Es ist nicht das ..." Tommy merkte, dass Himmelreich sich irgendwie fürchtete.

"Was ist passiert? Wovor hast du Angst?", fragte Tommy mit weicher Stimme.

"Ich habe keine Angst." Sie sah durch die Windschutzscheibe in die Nacht hinaus. Tommy sah sie im dunklen Auto an. Er wartete. Sagte nichts. Liess ihr die Entscheidung. Sie sah zu ihren Händen hinunter. Überlegte. Er wartete. Dann sah sie zu ihm auf.

"Doch. Ich habe Angst." Sie lächelte, als wäre es ihr peinlich. Tommy nahm ihre linke Hand in die seine und wiederholte: "Was ist passiert?"

"Nicht alle Menschen sind so, wie man auf den ersten Blick denkt. Man muss immer vorsichtig sein. Wie ich dir schon gesagt habe, war ich damals jung, dumm und alleine. Ich dachte, ich hätte den Helden gefunden", sagte Himmelreich und schaute in die Dunkelheit hinaus. Während sie ihm die Geschichte erzählte, hatte sie das Gefühl, alles noch einmal zu erleben:

"Hallo. Mein Name ist Himmelreich Sieren. Ich bin die Aushilfe", sagte Himmelreich zum Chef des Restaurants.

"Ach ja. Ich bin ganz ehrlich, ich hatte Sie komplett vergessen. Sascha wird Ihnen alles zeigen, ist das in Ordnung?", sagte der Chef. Trotz seiner schönen Worte wirkte er gestresst und irgendwie überheblich.

"Ja, alles klar, Herr ...?"

"Nennen Sie mich einfach Daniel. Über den Lohn haben wir ja schon gesprochen. Also. Ach ja, Sie können anziehen, was Sie wollen. Wir haben da keine Regeln, alles klar?"

"Alles klar", sagte Himmelreich und wandte sich Sascha zu, einem kleinen, dicken Mann.

"Guten Tag Fräulein Sieren. Wenn Sie mir doch bitte folgen."

Das Restaurant war nicht gross. Es bestand aus zwei Räumen: der Küche und dem Gastraum. Zusätzlich hatte es noch eine Terrasse, umrahmt von grossen Bäumen, die im Sommer für Schatten sorgten. Das Ganze hatte eine angenehme Atmosphäre. Es gefiel Himmelreich.

Im Restaurant arbeiteten zwei Köche, drei Kellner: Sascha, Daniel und ein anderer, dessen Name Himmelreich nicht kannte. Und jetzt natürlich auch noch Himmelreich.

Nachdem Sascha ihr alles gezeigt und erklärt hatte, fing sie sofort mit der Arbeit an.

"Himmelreich!", rief sie Daniel.

"Ja?", antwortete sie.

"Wir haben einen Gast, der kommt fast jeden Tag. Ich möchte, dass Sie für ihn zuständig sind. Alles klar?"

"Ja natürlich. Wie sieht er denn aus?"

"Ich werde Sie rufen, wenn er eintrifft. Sie können so gegen sieben mit ihm rechnen."

"Alles klar."

Himmelreich versuchte, ihre Arbeit so gut wie möglich zu machen. Es war so, wie sie es sich vorgestellt hatte. Es machte ihr wirklich Spass.

Kurz vor sieben kam Daniel zu ihr: "Sehen Sie diesen Mann dort?" Er zeigte mit dem Kinn auf einen gutaussehenden Mann, der sich gerade auf der Terrasse hinsetzte.

"Ja, ich kann ihn sehen. Ist er es?", fragte Himmelreich. Daniel nickte.

"Also. An die Arbeit. Hopp, hopp", befahl Daniel.

Himmelreich ging zu dem Gast und fragte: "Was kann ich Ihnen bringen?" Er blickte sie mit seinen blauen Augen an und lächelte dabei: "Sie können mir einen Martini bringen, Fräulein?"

"Himmelreich Sieren. Einen Moment bitte." Sie ging hinein und gab die Bestellung durch. Zwei Minuten später kam sie zurück.

"Hier Ihr Martini." Sie stellte ihn vor ihm hin und er sagte: "Danke Himmelreich. Sind sie neu?" Er sah sie wieder freundlich an. Himmelreich musste lächeln.

"Ehrlich gesagt, es ist mein erster Tag heute."

"Es ist mir ein Vergnügen, dass Sie mich bedienen. Mein Name ist Marc Larien. Es freut mich sehr, Sie kennengelernt zu haben." Er lächelte wieder. Sie gab ihm die Karte und ging zurück an die Arbeit.

So ging es ein paar Abende lang. Sie erzählten sich Dinge aus ihrem Leben und hatten es lustig. Einmal brachte Marc einen Kollegen mit. Er war ein wenig kleiner als Marc, älter, fester und immer irgendwie ernst. Marc teilte ihre Meinung über ihn.

Eine ganze Weile passierte nichts Spezielles, bis der Abend kam, der alles veränderte.

Himmelreich ging zur Arbeit wie üblich. Und am Abend kam Marc wieder. Er bestellte seinen Martini, wie üblich, und ass. Er blieb sehr lange, nicht wie sonst.

"So spät noch hier?", fragte Himmelreich mit einem Lächeln.

"Ich habe morgen frei. Ich habe gedacht, vielleicht könntest du mit mir nach Hause kommen und wir könnten noch etwas zusammen trinken. Wie wäre das?"

"Das wäre echt toll. Ich habe gleich Feierabend." Ihr Gesicht lief rot an.

Himmelreich verabschiedete sich von der Crew und ging mit Marc mit. Marc fuhr einen Rolls-Royce 1970 Cabriolet. Himmelreich war hingerissen.

"Gefällt er dir?", fragte Marc sie.

"Ob er mir gefällt? Was für eine Frage. Natürlich ge-

fällt er mir. Er ist der Hammer.”

Sie stiegen ein und er liess den Motor an. Himmelreich konnte nicht aufhören zu grinsen.

Es war ein heisser Tag gewesen. Die Nacht war lau. Marc öffnete das Dach des Autos und fuhr los. Himmelreichs Haar wirbelte herum. Sie genoss es. Leider ging es nicht allzu lange und sie waren vor dem Tor von Marcs Villa angekommen. Sie fuhren durch einen grossen Garten und hielten vor den Stufen des Hauses an.

Es war ein riesiges Haus.

Sie gingen in den Salon. Dort hatte es eine Bar mit hohen Hockern, einem tiefen Tisch mit vier Sesseln darum, eine grosse Couch, die neben dem Kamin und gegenüber dem Fernseher stand. Pflanzen wuchsen in kunstvollen Töpfen.

“Martini?”, fragte Marc. Himmelreich nickte. Er schenkte zwei Gläser ein. Währenddessen bewunderte Himmelreich den Raum.

“Hier.” Er hielt ihr das Glass entgegen. Sie nahm es.
“Danke.”

“Du hast wunderschöne Augen Marc.” Er lächelte.

Marc setzte sich auf die Couch. Himmelreich setzte sich neben ihn.

Sie tranken und redeten über Gott und die Welt. Nach einer Weile fragte Himmelreich: “Kann ich dein Badezimmer benutzen?”

“Klar”, sagte Marc. Er begleitete sie zur Badezimmer-

tür und ging dann zurück in den Salon, wo er auf Himmelreich wartete.

Himmelreich betrat das Badezimmer und schloss die
Tür hinter sich. Auch dieses Zimmer war riesig. Es hatte
eine grosse, blitzblanke Badewanne, eine geräumige Dusche, eine Toilette und ein doppeltes Lavabo aus weisser
Keramik. Die Hähne glänzten silbrig. Ein riesiger Spiegel
hing an der Wand. Himmelreich staunte. Ganz vorsichtig
öffnete sie die linke Schranktür unter dem Lavabo und
sah lauter Badetücher mit gestickten Monogrammen. Sie
schloss sie wieder und öffnete die rechte Tür. Aber da drin
befand sich alles andere als das, was sie erwartet hatte.
Was sie sah, liess das Blut in ihren Adern stocken. Ihr
wurde plötzlich kalt. Sie war schockiert. Sie verstand es
nicht.

"Oh mein Gott, was ist denn das?" Sie schaute näher hin. Was ihre Befürchtungen nur bestätigte. Es waren
zwei Tücher. Zwei mit Blut getränkte Tücher. Sie zog sie
etwas heraus.

"Oh mein Gott. So viel Blut." Es war wirklich viel
Blut. Als hätte jemand eine ganze Pfütze aufgezogen. Es
war schon eingetrocknet. Was hat das zu bedeuten? dachte Himmelreich. Oh mein Gott, was ist das? Wie kann
man nur so viel Blut verlieren? Sicher nicht wegen eines Schnittes oder so. Das ist viel zu viel. Viel zu viel.
Fast schon keuchend stopfte sie die Tücher wieder in den
Schrank zurück und wusch sich hastig die Hände.

Was mache ich jetzt? Ich mache einfach so, als wäre nichts gewesen, als hätte ich nichts gesehen, dachte Himmelreich und verliess das Badezimmer. Sie ging wieder zum Salon zurück. Marc sass auf der Couch mit seinem Martini in der Hand und schaute sie an. Plötzlich war es für Himmelreich nicht mehr das gleiche Gesicht wie vorher. Es hatte sich was verändert. Er war fremd. Sein Gesicht war fremd. Seine Seele war fremd. Seine Körperhaltung wirkte aggressiver. Sein Wesen war nicht mehr das von vorher.

"Alles in Ordnung?", fragte er.

Oh mein Gott, seine Stimme, was ist mit seiner Stimme, dachte Himmelreich. *Die Stimme war falsch. Nett, aber falsch.*

"Ja, alles in Ordnung", log sie. Sie sass zu ihm auf die Couch und überlegte, was sie jetzt machen sollte.

"Ich kann nicht hierbleiben Marc", sagte sie schliesslich.

"Wieso nicht?" fragte er enttäuscht.

"Ich habe völlig vergessen, meine Katze zu füttern. Ich muss nach Hause und ihr was geben."

"Wegen einer Stunde? Sie wird es überleben."

"Sie ist sehr sensibel."

"Ach komm schon Himmelreich. Ich übernehme die Verantwortung."

Sie stand auf und ging Richtung Tür.

"Ich muss jetzt wirklich gehen."

"Nein, das wirst du nicht. Ich will, dass du bleibst", drohte Marc und zog sie zu sich. Er riss an ihrem Kleid, aber Himmelreich gelang es, ihn wegzustossen. Sie rannte zur Tür, öffnete sie und sah kurz zurück. Marc kam angerannt.

"Scheisse!" Marc verwandelte sich in ein Monster. Sein Ausdruck war der eines Verrückten. Seine blauen Augen waren schwarz.

Er packte sie und drückte sie gegen die Wand. Er lächelte.

"Du zappelst ja wie ein Fisch. Es ist sinnlos, Widerstand zu leisten." Himmelreich hörte auf zu zappeln. Marc verstand es nicht. Plötzlich biss ihm Himmelreich in die Hand und kickte ihn zwischen die Beine. Sie stiess mit ihrem Kopf gegen seine Nase. Er fing an zu bluten und fiel zu Boden. Himmelreich zögerte keine Sekunde und rannte aus dem Zimmer hinaus.

"BLEIB HIER HIMMELREICH, BITTE."

Sie rannte aus dem Haus. Der Rolls war nicht mehr da. Sie rannte weiter durch den Garten bis zur Strasse. Sie rannte und rannte. Er ist verrückt, dachte sie. Verrückt.

Kapitel 18

"Verrückt."

Sie hielt kurz inne. Schluckte. Schaute auf ihre Hände.

Dann fuhr sie wieder fort: "Ich hatte Angst. Ich hatte nur noch Angst. Angst, es zu erzählen. Angst, es zu wissen. Angst, dass es mir nochmal passiert. Dass er wiederkommt. Mich findet. Ich fühle mich seitdem, als würde ich in einem unendlichen Meer vor mir hinplanschen, hilflos, allein und mit der ewigen Angst, dass der Hai sich von unten heranschleicht. In einem Zug hochschiesst, mich herunterzieht und in Stücke reisst. Ich wollte es am liebsten einfach nur vergessen. Habe mich so geschämt, dass man so dumm sein kann. Ich wusste ganz genau, dass, wenn ich es jemandem erzählen würde, etwas passieren würde. Etwas Schlimmes. Dass derjenige sterben würde. Oder, dass Marc mich umbringen würde. Also sagte ich nichts. Es kommt mir heute noch wie ein Albtraum vor."

Sie schaute immer noch nach unten. Tommy sah sie immer noch im dunkeln Auto an. Er wusste nicht, was sagen. Sah sie bloss an.

"Er würde dich nie kriegen", sagte er endlich. Sie blickte zu Tommy hoch.

"Woher willst du das wissen?"

"Du hast es ein Mal geschafft, du würdest es auch ein zweites Mal schaffen." Sie nickte dankbar.

"Weisst du was Tommy? Jetzt, wo ich es dir erzählt

habe, fühle ich mich besser." Er lächelte.

"Er war nicht dein Freund. Für das war das Ganze viel zu kurz und zu unklar", sagte Tommy.

"Wie nennst du ihn dann?"

"Ein kurzer Freund. Zum Beispiel." Sie mussten beide schmunzeln.

"Ich habe was gelernt, Tommy. Es gibt grausame Menschen auf dieser Welt. Marc ist einer dieser Menschen. Glaub mir. Am Anfang war er für mich ein normaler Mensch, aber dann, dann wurde er dunkel und hässlich. Solche Menschen täuschen einen, mit ihrem Lächeln und ihren blauen Augen. Aber das ist alles nur Fake. Das wirkliche Wesen und die wirkliche Schönheit sitzt da." Sie langte auf Tommys Brust.

"Ich schreibe mir das mal auf", sagte Tommy. Sie mussten wieder schmunzeln.

"Ich glaube, ich weiss, was du meinst", meinte Tommy ernst.

"Ich bin mir sicher, dass du weisst, was ich meine."

Sie schwiegen.

"Du bist ein guter Mensch, Tommy", meinte Himmelreich.

"Du auch", antwortete Tommy. Himmelreich nickte nachdenklich.

"Ich verspreche dir was Himmelreich: Wir bringen Marc dorthin, wo er hingehört."

"Und wo ist das?", fragte sie Tommy.

"In den Knast", sagte er trocken. "Oder in die Hölle!" Jetzt fingen sie beide an zu lachen.

"Wie willst du das hinbekommen, Tommy?"

"Vielleicht mit deiner Aussage."

"Aber die reicht nicht. Ich habe überhaupt keine Beweise."

"Stimmt." Tommy überlegte. Er wusste wirklich nicht, wie er das hinbekommen sollte. Stille trat ein. Das Einzige, was man hören konnte, waren die Grillen draussen in der Wiese. Ein riesiges Konzert. Sie waren so richtig laut. Dass so kleine Tiere einen solchen Krach machen können, dachte Tommy. Was die sich so alles erzählen, das würde mich schon mal interessieren, dachte er noch. Faszinierend ist aber, dass keine sich gleich anhört, wie die andere. Jede von ihnen hat einen anderen Ton. Ein paar wollen Mädchen verführen, andere wollen ihr Revier verteidigen. Diesen Unterschied kann man hören.

"Wir sollten schlafen", sagte Tommy.

Kapitel 19

Sie schliefen im Jaguar.

Tommy wurde zuerst wach. Er fasste Himmelreich an die Schulter.

"Hey Himmelreich, wach auf", sagte er leise.

Himmelreich gab zuerst nur Töne von sich. Dann fragte sie noch ganz verschlafen: "Wie spät ist es?" Tommy schaute auf die Uhr und antwortete: "Fast neun, warum?"

"Komm, wir fahren zu mir nach Hause."

"Okay, ich bringe dich heim, muss aber dann noch was erledigen." Er liess den Motor an, fuhr den Hügel hinunter und wieder über die alte Brücke.

"Wo hast du eigentlich dieses Auto her?"

"Habe ich dir das nicht gesagt?"

Himmelreich schüttelte den Kopf.

"Ich habe es von Billy. Mein Cinquecento hatte kein Benzin mehr, also habe ich den hier genommen. Geile Kiste was?"

Himmelreich nickte.

"Können wir Johnny Cash hören?"

"Wenn du unbedingt willst." Tommy zuckte unwillig mit den Schultern.

"Ich mag ihn halt einfach." Himmelreich nahm die CD und fütterte damit den Player.

Wieder erklang Solitary Man. Genau in dem Moment

fiel ein dicker Wassertropfen auf die Windschutzscheibe. Es fing wieder an zu regnen. Das ist wirklich schräg, dachte Tommy. Ist das überhaupt möglich? Er fühlte sich schlecht. Es erinnerte ihn an Billys Tod. Aber Himmelreich fand das Lied schön und sang sogar ein bisschen mit.

"Was machst du, nachdem du mich nach Hause gebracht hast?", fragte Himmelreich.

"Ich muss noch etwas online bestellen und den Freund besuchen gehen. Danach komm ich zu dir." Er schaute kurz zu ihr rüber.

"Okay", sagte Himmelreich.

Der Player spielte jetzt Further On Up the Road. Himmelreich sang wieder mit: "Where the road is dark and the seed is sowed, Where the gun is cocked and the bullet's cold."

"Komm, sing mit."

"Nein", antwortete Tommy ganz leise.

"Was? Was meinst du?"

"Nein. Nicht mitsingen. Ich will dieses Stück nicht hören. Bitte schalte ab."

"Was stimmt denn mit diesem Lied nicht?"

"Ich ... Schalte einfach ab."

"Okay, okay, ist ja gut." Sie stellte den Player ab.

"Tommy", fragte Himmelreich sanft. "Was ist mit diesem Lied?"

Er zögerte kurz: "Ich habe es gehört, als Billy starb.

Damals regnete es auch und ich habe ihm gesagt, wir müssten immer weitersingen, damit ich ihn immer hören könne. Um zu wissen, ob er noch lebe. Aber ... aber dann hörte ich plötzlich nichts mehr. Ich hörte ihn nicht mehr singen. Und dann? Dann musste dieser verdammte Kerl sterben. Weisst du, was wirklich komisch war? Ich hatte das Gefühl, dass wir uns schon über Jahre kannten. Dieser verdammte Kerl."

Er schlug mit der rechten Hand auf das Lenkrad. Dann war alles still. Man hörte nur den Motor, den Regen, der auf die Scheibe trommelte, und die Scheibenwischer, die ihn regelmässig wegwischten. Sonst nichts.

Der Himmel war wieder voll mit grauen, schweren Wolken.

Tommy wurde jetzt ruhiger.

"Das wusste ich nicht. Tut mir leid", sagte Himmelreich.

"Schon gut", antwortete Tommy.

"Denkst du, die werden uns auch umbringen?" Er schaute rüber zu Himmelreich.

"Weil wir gegen das Gesetz sind?", fragte Himmelreich.

Tommy nickte und schaute wieder auf die nasse Strasse.

"Wir sind da", sagte Himmelreich. Tommy parkierte vor der Nummer 9. Himmelreich wollte gerade aussteigen, aber Tommy legte seine Hand auf ihren Arm: "Du hast meine Frage nicht beantwortet."

"Tommy, ich ..."

"Sag schon. Denkst du, sie werden uns auch umbringen?" Tommy schaute sie durchdringend an. Er wollte unbedingt eine Antwort. Er wollte unbedingt ein "Nein". Er wollte, dass sie den Albtraum stoppt. Mit diesem einen Wort würde er aufhören. Endlich aufhören.

"Wenn sie wissen, dass du zum Licht gehört hast, ja. Ich denke schon. Du bist zu gefährlich für sie."

Er liess Himmelreich los und schaute ins Leere. Himmelreich stieg aus und sah, wie Tommy davonfuhr.

"Das heisst aber nicht, dass wir uns nicht wehren dürfen oder können", murmelte Himmelreich entschlossen.

Kapitel 20

Tommy bog von der Hauptstrasse in die Webergasse ab. Er hielt vor einem gelben Haus, das sehr, sehr alt und heruntergekommen aussah. Es trug die Nummer 22. Er stieg aus dem Auto aus und ging auf das Haus zu. Er klingelte beim Namen Mike Hatter.

Nach einer Weile wurde die Tür geöffnet. Vor Tommy stand ein muskulöser Zweimetermann. Er hatte schwarzes, krauses Haar, sehr dunkle Haut und Augen wie schwarze Kirschen, die das Weiss in ihnen zum Leuchten brachten.

"Was wollen Sie?", sagte der Zweimetermann mit erstaunlich normaler Stimme.

"Sind Sie Mike Hatter?", fragte Tommy. Er fühlte sich wie ein Zwerg.

"Ja. Wer denn sonst? Seine Frau?"

Tommy grinste: "Nein. Ich komme direkt auf den Punkt."

"Das wäre angenehm."

"Also, mein Name ist Tommy und ich kenne Billy Watson, er sagte, ich soll zu Ihnen kommen."

"Kommen Sie rein", sagte Mike, ohne zu zögern.

Tommy nickte und folgte ihm. Eine steile Holztreppe führte sie in den zweiten Stock. Eine einfache Tür, wo Mike den Kopf einziehen musste, brachte sie in seine Wohnung. Sie war einfach, klein, im Vergleich zum Äusseren des Hauses überhaupt nicht verlottert. Das Wohnzimmer hatte hübsche gelb-weiss gestreifte Tapeten. Gegenüber der Tür waren zwei verstaubte Fenster. Links von der Tür stand ein antikes Bücherregal mit zwei Boxen darauf und einem braunen Ledersessel daneben. Ein weiterer Ledersessel stand an der rechten Wand. Daneben ein Tischchen mit einem Plattenspieler darauf. In der Mitte des Raumes lag ein roter Teppich, darauf stand ein runder Holztisch. Drei Holzstühle standen darum herum. Eine weitere Tür verbarg ein anderes Zimmer.

Mike zeigte Tommy mit einer Handbewegung, dass er sich auf einen der Holzstühle hinsetzen konnte. Mike setzte sich ihm gegenüber.

"Warum sind sie da?", sagte Mike ruhig. Tommy atmete tief durch: "Ich kannte Billy von Das Licht. Er war auch dabei. Sie wissen doch, was Das Licht ist, oder?"

Mike nickte.

"Gut. Ich bin hier, um Ihnen zu sagen, dass Billy tot ist."

"Was? Er ist tot? Billy Watson ist tot? Wie? Warum?" Er stand auf. Ging im Raum unruhig hin und her. Er sah verängstigt zu Tommy rüber. Wartete auf eine Antwort.

"Er wurde erschossen. Von Lariens Soldaten. Alle vom Licht wurden erschossen."

"Was?" Er strich sich mit der Hand durch das Haar.

"Tut mir leid. Er war ein guter Kerl", sagte Tommy.

Mike schüttelte fassungslos den Kopf.

"Sie sind Arzt, nicht wahr?", fragte Tommy.

"Woher wissen sie das? Hat Billy Ihnen das erzählt?"

"Ja. Woher kannten sie Billy?"

"Aus der Schule. Wir waren in der gleichen Klasse. Haben uns auch sonst viel getroffen. Wir haben immer so eine Art Spiel gespielt, auf seinem Computer."

Tommy stand auf und lief im Raum herum, während Mike erzählte: "Wir gingen immer auf das DarkNet und schauten, was es dort alles gab. Das war witzig." Mike lächelte ein wenig, schien aber irgendwie auch ein schlechtes Gewissen zu habe.

"Ich dachte immer, das wäre kompliziert", meinte Tommy.

"Wenn man weiss, wie es geht, dann ist es ein Kinderspiel." Eine verrückte Idee überkam Tommy.

"Sie wissen wirklich, wie man dort hineinkommt?", fragte Tommy.

"Aber natürlich. Billy hat es mir gezeigt." Mike lächelte leicht.

Tommy grinste: "Möchten Sie wieder einmal das Spiel spielen?" Mike schaute ihn verwundert an.

Kapitel 21

Tommy holte den Laptop aus dem Auto, nahm ihn aus der Schachtel und stellte ihn auf den runden Holztisch.

"Willst du auf das DarkNet?", staunte Mike.

"Ja, ich will dort etwas kaufen und du wirst mir dabei helfen."

"Ich habe das noch nie gemacht."

"Für alles gibt es ein erstes Mal", grinste Tommy.

Er klappte den Laptop auf und schaltete ihn ein. Die Installation benötigte ein paar Minuten. Dann zeigte er Mike, mit einer kurzen Handbewegung, dass er jetzt dran war.

"Okay, dann mal los", sagte Mike. Er setzte sich wieder und rutschte mit dem Stuhl näher an den Tisch heran. Es schien ihm Spass zu machen.

Mike meldete sich bei seinem VPN an. So würde er sich in aller Anonymität bewegen können.

Dann lud er den Tor Browser herunter und wählte eine sichere Suchmaschine. Dort tippte er Hidden Wiki hinein. Es kam eine schwarze Seite mit unzähligen Webadressen, die auf onion endeten.

"Wir sind drin!", sagte Mike.

"Schon? Sind das alles Websites?", fragte Tommy.

"Jep. Was willst du? Drogen? Pornografie? Gefälschte Papiere? Falschgeld?" Mike schaute Tommy mit einem fragenden Blick an.

"Eine Waffe", sagte Tommy. Mit der werde ich dich erschiessen, Marc, dachte er.

"Okay, und was für eine?"

"Eine Beretta 94 Diabolo 4,5 mm."

"Eine Beretta, okay, mal schauen."

Mike startete eine Suche über Hidden Wiki.

"Wie viele Bitcoins hast du?", fragte Mike.

"Genug", antwortete Tommy. Er zog einen Bitcoin-Stick aus der Hosentasche. Er hatte ihn auf dem Weg zu Mike an einem Automaten von seinem Konto aus aufgefüllt.

"Hier, deine Waffe. Du kannst über tausend Stück davon kaufen. Unglaublich, was?", meinte Mike.

"Ich brauche nur eine Waffe."

"Okay, eine." Er klickte auf eine der angebotenen Waffen und kaufte sie.

"Wo soll ich sie hinschicken lassen?", fragte Mike.

"Daran habe ich nicht gedacht. Das wird ein Problem. Ich habe keine feste Adresse mehr."

"Weisst du was? Ich lasse sie zu mir schicken und du holst sie dann, wenn sie da ist. Okay?"

"Willst du das Risiko wirklich eingehen?" Mike wischte die Frage mit einer Handbewegung weg.

"Danke."

Mike nickte und gab seine Adresse ein. Er beendete den Vorgang mit einem Klick auf "Bestätigen" und schloss dann die Seite.

"Okay. Am besten du kommst in zwei Tagen vorbei. Dann ist sie sicher da", sagte Mike und streckte sich dabei.

"Danke. Du hast was gut bei mir", versicherte ihm Tommy.

"Kein Problem."

"Das mit Billy tut mir echt leid."

"Mir auch", antwortete Mike etwas abwesend.

"Ich muss gehen."

"Hey Tommy. Danke, dass du mir das mit Billy gesagt hast."

Tommy lächelte: "Kein Ding."

Er verliess das Haus. Auf der Strasse angekommen, schaute er auf seine Uhr. Es war viertel nach zwölf. Er stieg in den Jaguar und fuhr davon.

Kapitel 22

Es regnete immer noch, als Tommy bei Himmelreich ankam. Er ging zur Tür und klopfte an. Himmelreich schloss auf.

"Du kommst gerade rechtzeitig. Ich bin fertig", sagte sie.

"Gut, komm." Er nahm sie an der Hand und zog sie zum Auto. Sie stiegen ein.

"Was hast du vor Tommy? Ich dachte, du wolltest noch duschen?"

"Wir machen etwas Verrücktes."

"Was auch immer es ist, es ist sicher keine kluge Sache."

"Es ist die beste." Er fuhr nicht los. "Wir brechen ein."

"Was? Ich kapier's nicht Tommy. Hilf mir auf die Sprünge."

"Wir gehen schauen, ob Marc Larien wirklich so sauber ist, wie er immer behauptet." Himmelreich hatte immer noch einen fragenden Blick. Doch dann dämmerte es ihr.

"Oh nein, Tommy. Du willst zu seinem ehemaligen Zuhause, stimmt's?", fragte sie entsetzt.

"Ja, ganz genau."

"Tommy, das ist verrückt."

"Das Haus steht immer noch zum Verkauf und somit leer. Vielleicht hat er irgendetwas vergessen. Oder vielleicht finden wir irgendeine Spur, wer weiss."

"Tommy, das ist verrückt. Wenn er irgendwelche Sachen macht, dann macht er sie gründlich, glaube mir."

"Du hast aber etwas gefunden, nicht wahr Himmelreich? Da war er wohl nicht so gründlich."

"Aber da war er auch noch nicht ausgezogen. Er hat dort gewohnt. Das kannst du nicht vergleichen."

"Ich muss was unternehmen. Ich muss. Verstehst du? Ich bin das dem Licht schuldig. Ich lasse ihn nicht in Freiheit leben. Nicht mit dem, was er getan hat. Niemals."

"Okay, aber es ist reinste Zeitverschwendung. Da wird nichts sein."

"Hast du denn eine bessere Idee?"

Himmelreich überlegte scharf. Wusste nicht, was sagen.

"Na, da haben wir's. Komm schon. Wir werfen nur einen Blick hinein", drängte Tommy.

"Johnny Russel!", platzte es aus Himmelreich heraus.

"Was? Wer?" Tommy schaute sie verwirrt an.

"Johnny Russel. Er ist zwar ein Arsch, aber er hat viel mit Marc zu tun gehabt. Ich kenne ihn, weil Marc ihn einmal in das Restaurant eingeladen hatte. Und ich glaube, er weiss ziemlich viel. Wir könnten zu ihm gehen und ihn ausquetschen, hm? Wie findest du das?" Jetzt war es nicht mehr Himmelreich, die nachdachte, sondern Tommy.

"Du weisst doch gar nicht, wo er wohnt", meinte er.

"Doch, natürlich weiss ich, wo er wohnt."

"Aha, und woher?"

"Er wollte mich zu sich nach Hause einladen. Ich habe aber nein gesagt und da gab er mir seine Adresse, falls ich es mir doch noch überlegen würde."

"Erinnerst du dich überhaupt noch?"

"Ich konnte sie mir einfach gut merken. Keine Ahnung wieso. Hauptsache ist doch, dass ich sie noch kenne."

"Ja", sagte Tommy unsicher und schaute auf die Strasse. Sie glänzte im Regen und am Rande wuchsen die Pfützen an. Tommy schaute zu, wie ein Tropfen, der von ganz, ganz weit oben runterfiel, auf die Windschutzscheibe aufklatschte und dann hinunterrutschte. Unglaublich, so viele Tropfen und genau der trifft meine Windschutzscheibe. Unglaublich, dachte Tommy.

"Können wir los?", unterbrach Himmelreich seine Träumerei.

"Oh, na klar. Tut mir leid. Und, wo wohnt er?"

"Er wohnt ... er wohnt ... 88 Maulbeerstrasse. Genau."

"88 Maulbeerstrasse", wiederholte er. Er drehte den Zündschlüssel und fuhr los.

Als sie schon auf halbem Weg waren, sagte Himmelreich: "Es kommt ein Sturm auf uns zu. Er ist in ein paar Stunden hier. Habe ich im Radio gehört."

"Wir sind doch schon im Sturm, oder nicht?", sagte Tommy.

"Ich meine, ein richtiger Sturm."

"Okay."

"Was denkst du, sollen wir ihn quälen, wenn er nicht redet?"

"Wen?"

"Na Johnny, wen denn sonst."

"Ach so. Mal schauen." Er war wieder in Gedanken versunken.

"Was ist, wenn er nicht zu Hause ist?", fragte Himmelreich und sah Tommy an.

"Dann warten wir", antwortete Tommy abwesend.

Sie fuhren jetzt auf einer Landstrasse.

"Es wird eine Weile dauern, bis wir dort ankommen. Möchtest du Musik hören?", fragte Tommy, bekam aber keine Antwort.

"Himmelreich?"

"Hm?"

"Ob du gerne Musik hören möchtest, denn es wird noch einen Moment dauern, bis wir ankommen?"

"Oh ja, gerne. Was willst du denn hören?"

"Schmeiss irgendetwas rein, einfach nicht Johnny Cash, bitte."

Himmelreich durchsuchte das Handschuhfach. Sie schnappte sich eine CD und schob sie in den Leser.

Was sie wohl ausgewählt hat, dachte Tommy. Na ja, das würde er ja gleich hören. Es stellte sich heraus, dass es Amy MacDonalds Lied "This Is The Life" war.

Himmelreich wippte mit dem Fuss auf und ab. Dieses

Lied hatte irgendetwas von einem Fluss. Es floss immer weiter, ohne Pause, als ob es niemals aufhören würde.

Dieser Moment ist perfekt, dachte Tommy. Er ist wirklich perfekt. Ich sitze in einem wunderschönen Auto mit einer wunderschönen Dame, ich höre gute Musik und es ist das perfekte Wetter dazu. Der Moment ist perfekt. Es wird alles gut. Alles wird gut. Vielleicht hat Himmelreich dasselbe Gefühl, überlegte er.

Die CD lief weiter.

"Wir sind da", sagte Tommy. Sie befanden sich mitten in einem Wald. Sie fuhren auf einem schmalen Weg, an dessen Ende ein kleines Holzhaus stand. Brennholz stapelte sich an einer Wand. Ein kleiner Schuppen war auch da.

"Hübsch hier", meinte Himmelreich. Sie gingen auf das Haus zu.

"Also warst du wirklich nie bei ihm", sagte Tommy.

"Natürlich nicht", antwortete Himmelreich genervt. Dann wurde ihr Tommys Absicht klar und sie grinste. Tommy zuckte unschuldig mit den Schultern.

Sie klopften an die Tür. Nichts regte sich.

"Niemand da", stellte Tommy fest.

"Anscheinend."

Just in diesem Moment hörten sie einen Wagen kommen. Sie drehten sich beide um und sahen, wie ein schwarzer Jeep voller Schlamm auf sie zukam.

"Ist er das?", fragte Tommy.

"Ich glaube schon."

Der Jeep hielt brüsk neben dem Jaguar vor dem Haus. Schlamm spritzte auf Tommys neue Jeans.

"Was machen Sie hier?", fragte der Mann, der aus dem Auto stieg. Er hatte ganz kurze, schwarze, an der Schläfe schon etwas ergraute Haare, auf denen sich der Regen staute. Er trug eine Hornbrille, die sein Gesicht ernst wirken liess. Sonst sah er ziemlich langweilig aus.

"Vielleicht erinnerst du dich noch an mich, Johnny. Ich bin Himmelreich Sieren. Ich habe früher in dem Restaurant gearbeitet, wo Marc immer hinging, weisst du noch?" Himmelreich trat vor. Johnny ging auf sie zu: "Ich erinnere mich. Sie haben uns damals bedient, nicht wahr?"

Himmelreich nickte. Er kam noch näher.

"Und was wollen Sie? Nehmen Sie jetzt das Angebot an? Und wer ist das?" Er schaute Tommy nicht mal an.

So ein Affe, dachte Tommy.

"Er ist ein Freund. Wir sind hier, um über Marc zu reden. Du kanntest ihn ja gut." Er sah sie eine ganze Weile an, ohne etwas zu sagen.

"Worüber wollen Sie denn reden?" Er starrte nur Himmelreich an. Tommy hatte das Gefühl, nicht zu existieren. Unsichtbar zu sein. Dieses Gefühl nervte ihn. Er hasste es.

Himmelreich wartete mit der Antwort. Sie holte tief Luft: "Das ist eine längere Geschichte. Und ich will, dass du Sie hörst."

Wieder trat Stille ein. Man hörte nur, wie die Regentropfen auf den schlammigen Boden fielen und die Blätter im Wald raschelten.

"Kommen Sie rein", sagte Johnny schliesslich und schloss die Tür auf. Sie traten alle in die Hütte hinein und Tommy musste feststellen, dass es richtig gemütlich war. Es sah genau so aus, wie eine Holzhütte aussehen sollte. Wie in einem Märchen.

"Nehmen Sie doch Platz", sagte Johnny und zeigte auf eine Couch. Tommy und Himmelreich setzten sich. Johnny nahm sich einen Stuhl.

"Also, um was geht es?", fragte Johnny gelangweilt. Er schaute Tommy zum ersten Mal an. Na endlich, dachte dieser.

Himmelreich erzählte ihm alles, was sie auch Tommy erzählt hatte. Johnny hörte aufmerksam zu. Seine Anspannung wuchs, was Tommy irgendwie gefiel. Es bestätigte, dass Marc irgendetwas verheimlichte und Johnny davon wusste.

Kapitel 23

Tommy hatte Kopfschmerzen. Mit halber Aufmerksamkeit vernahm er Himmelreich, die ihre Geschichte gerade zu Ende erzählte.

"Und was soll ich mit dieser Story anfangen? Bin ich etwa Marc? Was geht mich das an? Das ist Ihre Geschichte, nicht meine", sagte Johnny.

"Finden Sie es nicht etwas seltsam, dass jemand, der versucht, eine Frau zu vergewaltigen, es an eine so hohe Position schafft?", fuhr Tommy gereizt dazwischen.

"Moment mal. Warum sollte ich Ihnen diese Story glauben? Haben Sie Beweise dafür?" Johnny wurde lauter.

Es war still.

"Nein. Also. Und ich sehe auch keinen Zusammenhang mit mir. Was hat das alles mit mir zu tun?"

"Was das mit Ihnen zu tun hat?" Tommy brüllte jetzt fast. "Ich sage Ihnen, was das mit Ihnen zu tun hat. Sie sind mit Marc befreundet. Sie wissen alles."

"Ich weiss nichts", konterte Johnny ruhig.

"Kommen Sie mir nicht mit der Ich-weiss-von-nichts-Nummer. Sie wissen ganz genau, was abläuft", schrie Tommy.

"Sagen Sie's mir doch. Was läuft denn?"

Tommy stand abrupt auf: "Marc ist nicht nur ein Vergewaltiger, sondern auch ein Mörder und Sie wissen es.

Er hat alle meine Freunde umgebracht. Alle. Sie werden mir die Beweise für all das liefern, ob Sie es wollen oder nicht. Ich werde sie aus Ihnen herausprügeln, wenn es sein muss. Marc wird nie wieder jemand Unschuldigen umbringen. Nie wieder."

Erneut trat Stille ein. Totenstille.

Tommy zitterte am ganzen Leib. Himmelreich sass stumm auf der Couch.

Johnny sah sie beide an: "Marc hat niemanden umgebracht. Er tut das, was richtig ist: uns schützen. Seit Marc Präsident ist, ist das Leben viel besser, sicherer geworden. Die Gewalt hat klar abgenommen. Er ist der beste Präsident, den wir je hatten."

"Das ich nicht lache. Er ist ein Mörder, Sie Lügner. Sie verdammter Lügner. Sie wissen ganz genau, dass er ein Mörder ist. Sie Lügner. Ich sag Ihnen jetzt mal was, ich werde Marc kriegen und danach sind Sie dran. Darauf können Sie Gift nehmen. Sie haben jetzt nur noch eine einzige Chance davonzukommen. Uns die Beweise gegen Marc zu liefern." Tommy zeigte mit dem Finger auf Johnny.

Jetzt stand Johnny ebenfalls auf. Zwischen den beiden waren nur noch Zentimeter.

"Wissen Sie was? Es geht allen am Arsch vorbei, dass es dieses verdammte Licht nicht mehr gibt. Und Sie, Sie Nichts, Sie jucken niemanden. Sie Nichts. Für wen halten Sie sich eigentlich? Sie sind eine Nullnummer, so wie Das

Licht eine war."

Himmelreich dachte, Tommy würde sich jetzt auf Johnny stürzen und ihn totprügeln. Die Wut war zu gross, um sie zu bändigen. Sie stand ebenfalls auf, in der Hoffnung ihn zu beruhigen. Plötzlich verschwand Tommys Aggressivität. Er lehnte sich etwas zurück. Schaute Johnny direkt in die Augen.

"Ich habe Ihnen nie gesagt, dass wir uns Das Licht nannten. Niemand wusste es. Also woher wissen Sie es?"

Plötzlich wurde Johnny bewusst, dass er einen Fehler begangen hatte.

"Verschwinden Sie jetzt. Gehen Sie. Lassen Sie sich nie wieder blicken. Ist das klar? Raus hier!", brüllte Johnny.

Tommy lächelte triumphierend.

"Wir werden es auch ohne Sie schaffen und dann knöpfe ich Sie mir vor", sagte Tommy ruhig.

"Gehen Sie jetzt."

"Komm Himmelreich, der ist es nicht einmal wert, gequält zu werden." Tommy nahm sie an der Hand und ging zur Tür hinaus. Der Geruch des Waldes kam ihnen entgegen. Es tat Tommy gut, die frische Luft einzuatmen. Seinem Kopf ging es jetzt besser. Sie stiegen in den Jaguar.

"Alles in Ordnung?", fragte Himmelreich.

Er startete den Motor.

"Was für ein aufgeblasenes, eingebildetes, arrogantes, selbstsüchtiges Arschloch", schimpfte Tommy.

Sie schaute ihn nur von der Seite an.

"Alles in Ordnung?", fragte sie erneut. Er schaute zu ihr und sagte: "Ja. Jetzt schon."

Er fuhr los.

Nach einer Weile fragte Himmelreich: "Und was machen wir jetzt?" Tommy dachte zuerst nach, dann sagte er: "Ich will dir jemanden vorstellen." Er lächelte. Himmelreich merkte, dass es ihm besser ging.

"Ach was, für heute reicht's. Ich habe jetzt keinen Bock. Wir gehen morgen."

"Und was machen wir in der Zwischenzeit?"

"Ich weiss nicht. Nochmal über alles nachdenken?" Himmelreich sah ein bisschen enttäuscht aus: "Okay. Ich muss zugeben, damit habe ich nicht gerechnet."

"Mit was denn sonst?", fragte Tommy und sah schnell zu ihr hinüber.

"Na, was anderes."

"Sag schon, was?"

"Na ja, die Hauptrolle wäre das Bett. Weisst du jetzt, was ich meine?" Sie sah ihn mit einem schrägen Lächeln an.

"Ja, ich denke schon." Er schaute angestrengt nach vorne und lächelte verlegen.

Sie fuhren jetzt wieder auf der Landstrasse. Keiner sagte mehr was. Sie blickten nur hinaus.

Der Himmel war immer noch schwer. Plötzlich durchbrach die tief stehende Sonne die Wolkendecke. Das

Licht veränderte sich. Es wurde gelb-orange. Wie in einem Traum. Als würde man schweben, dachte Tommy. Alles war irgendwie verschwommen und doch klar. Es gab Schatten und doch keine. Die Farben schienen ineinanderzufliessen und wirkten doch rein. Genau wie in einem Traum. Es war das Licht eines Traumes. Alles war real und doch nicht. Eine helle, stille Energie umschlang alles, war überall. Tommy war überwältigt. Verstand ihre kraftvolle Schönheit und doch nicht. War ihr hilflos ausgeliefert. Bekam nicht genug davon. Aber sie verschwand wieder und alles war wie vorher.

Das Telefon klingelte. Johnny ging ran: "Hallo?"

"Hier ist Marc", krächzte es durch das Telefon.

"Hi Marc. Wie geht es dir?"

"Ganz gut. Hör mal. Ich möchte etwas mit dir besprechen. Aber nicht am Telefon."

"Alles klar. Wo und wann treffen wir uns?"

"Bei dir zu Hause. Sagen wir um 20.00 Uhr? Geht das?"

"Ja, alles klar. Ach, bevor ich es vergesse: Heute waren zwei hier. Eine war Himmelreich Sieren und der andere nannte sich Tommy. Ich glaube, sie vermuten etwas in Bezug auf Das Licht und die andere Sache. Sie haben mir gedroht."

"Was hast du ihnen gesagt?"

"Ich hab ihnen nichts erzählt. Wirklich", log Johnny mit einem Hauch Furcht in der Stimme. Marc schwieg.

"Du vertraust mir doch Marc, oder?" Am anderen Ende der Leitung blieb es still und Johnny bekam es mit der Angst zu tun. Schliesslich beendete Marc sein Schweigen: "Aber natürlich vertraue ich dir. Es gibt kein Grund zur Sorge Johnny. Wir sind doch alte Kumpel, nicht wahr?"

Johnny lächelte unsicher und sagte, bevor er den Hörer auflegte: "Ja, das sind wir."

Kapitel 25

Sie kamen endlich beim Motel an, stiegen aus dem Auto aus und betraten Himmelreichs Zimmer. Tommy liess sich auf einen der Stühle fallen. Er schaute ins Leere. War in seinen Gedanken. In seinen Erinnerungen. Himmelreich schmiss schnell eine Tiefkühlpizza in die Mikrowelle und sah zu Tommy hinüber.

"Alles klar mit dir?", fragte sie sanft. Nickend sagte er: "Ja. Bin nur etwas müde." Irgendwie war er immer noch wütend und zugleich hatte er keine Kraft mehr für diese Wut. Himmelreich sah, dass er in sich zusammenfiel.

"Ich weiss nicht, ob du das kennst, wahrscheinlich schon. Manchmal, da kriege ich so eine Wut. So eine Wut. Unbeschreiblich. Sie widert mich an. Ich habe das Gefühl, dass ich sie nicht kontrollieren kann. Als wäre sie etwas Fremdes in mir. Ich habe manchmal Angst, etwas Unüberlegtes zu tun. Sie überrumpelt mich regelrecht. Ich will sie loswerden, Himmelreich. Ich ertrage sie nicht mehr."

Himmelreich kam zu ihm und setzte sich schräg auf seinen Schoss. Sie legte ihre Arme um seinen Nacken und sah ihm in die Augen.

"Ich weiss, was du meinst. Aber sie ist nicht fremd, sie ist ein Teil von dir. Sie macht dir vielleicht Angst, aber sie entfesselt auch deine Kraft. Vielleicht wird sie dir eines Tages das Leben retten."

Sie fuhr ihm mit den Händen durchs Haar.

"Du musst diese Geschichte nicht alleine durchstehen. Wir kämpfen Seite an Seite. Wir unterstützen einander. Du kannst dich auf mich verlassen, ich bin stark genug."

Sie nahm Tommy in die Arme, drückte ihn ganz fest. Er flüsterte ihr ins Ohr: "Du klingst wie Mary." Himmelreich lächelte. Er drückte sie fester an sich und vergrub sein Gesicht in ihrem Haar. Tommy rutschte den einen Arm unter ihre Beine, den anderen schlang er um ihre Taille. Er trug sie zum Bett, legte sie darauf und betrachtete sie. Himmelreich setzte sich etwas auf.

Die Mikrowelle piepte. Himmelreich seufzte. Noch ein Piep. Sie stand auf. Tommy legte sich auf das Bett.

Als Himmelreich die Pizza herausgenommen hatte, ging sie zurück zu Tommy. Er schlief tief und fest. Sie lächelte leicht: "Jetzt muss ich wohl die Pizza alleine essen." Sie hatte keinen grossen Hunger. Bald legte sie sich neben Tommy hin. Eine ganze Weile noch hing sie ihren Gedanken nach. Gedanken über die Zukunft, wie man sie sich oft macht: Ob sie das Ganze überstehen würden? Ob Marc gewinnen würde? Ob es je wieder Normalität geben würde? Ob die Menschen wieder zueinander finden würden? Wie die Geschichte für sie enden würde? Gut oder schlecht? Oder vielleicht beides? Wer kann die Zukunft schon voraussehen. Sie steht in den Sternen geschrieben. Sie schlief ein und vergass all ihre Sorgen.

Kapitel 26

Der wunderbare Duft von frischem Kaffee weckte Tommy. Er hatte schon lange nicht mehr so gut geschlafen. Tief geschlafen. In einem richtigen Bett. Himmelreich tischte jetzt eine Schale warmer Cookies. Orangensaft stand ebenfalls auf dem Frühstückstisch. Lecker, dachte Tommy und griff zu. Die Cookies schmeckten noch besser, als sie aussahen, der Kaffee war heiss, der Orangensaft kühl und erfrischend. Tommy schaute aus dem Fenster: Jetzt bräuchte es nur noch die Sonne. Aber es regnete nicht nur, es stürmte richtig. Die Bäume bogen sich im Wind. Ihre Blätter rieben sich gegenseitig und verursachten dabei dieses typische Geräusch: Schhhh. Ein lauter Donner fiel. Es war richtig was los. Alles stand in Bewegung. Nichts von Sonne und schönem, ruhigem Wetter.

"Darf ich das Radio anmachen?", fragte Himmelreich. Tommy nickte mit vollem Mund. Sie stellte es an: "Morgen wird das Wetter endlich schön, aber dafür erwartet uns heute ein gewaltiger Sturm. Also bleibt wenn möglich zu Hause ..." Himmelreich liess das Radio einfach laufen und beschloss, sich duschen zu gehen.

"Das war es mit dem Wetter ..." Tommy hörte jetzt das Plätschern der Dusche. Hörte, wie Himmelreichs Bewegungen das Rauschen des Wassers veränderten.

"Und jetzt die Nachrichten ..." Er nahm noch einen Schluck Kaffee und griff nochmals zu den Cookies. Sie waren einfach köstlich. Warm und weich. Plötzlich erstarrte Tommy. Ein halbes Cookie im Mund und die andere Hälfte in der Hand, drehte er das Radio lauter und hörte sehr aufmerksam zu.

" ... Russel, ein guter Freund von Marc Larien, wurde heute Morgen tot aufgefunden. Die Polizei geht von einem Selbstmord aus. Wie aus einem gefundenen Brief hervorgeht, schied er aus persönlichen Gründen aus dem Leben aus ..." Tommy stellte das Radio wieder leiser und ging zur Badezimmertür: "Hey, Himmelreich, es ist was passiert."

"Ich komme gleich raus. Eine Minute noch."

Als sie aus dem Badezimmer kam, war sie angezogen, hatte aber noch ein Tuch um die Haare gewickelt.

"Was ist los?", fragte sie.

"Johnny Russel ist tot. Selbstmord sagt die Polizei."

"Was? Johnny Russel hat sich umgebracht? Wie denn?" Sie nahm das Tuch von ihren Haaren.

"Haben sie nicht gesagt. Aber warum sollte Johnny sich umbringen? Wir waren gestern bei ihm und er hat nicht gerade den Eindruck gemacht, als wolle er sich das Leben nehmen. Das ist doch schräg. Findest du nicht auch? Wenn du mich fragst, war es Mord."

"Aber warum sollte jemand seinen Tod wollen?"

Tommy zuckte zuerst mit den Schultern. Dann kam ihm eine Idee: "Vielleicht hat es etwas mit uns zu tun. Mit unserem Besuch. Ich weiss nicht, aber vielleicht hat jemand ..."

"... Angst bekommen, er könnte etwas Wichtiges verraten. Er war ein zu grosses Risiko. Er wusste zu viel", unterbrach ihn Himmelreich. Sie sahen sich einen Moment lang an. Tommy holte tief Luft: "Wir müssen mehr herausfinden. Aber wie?"

"Du wolltest doch zu einem Freund oder nicht?", sagte Himmelreich. "Vielleicht kann er uns weiterhelfen."

"Ja, vielleicht."

"Okay. Gehen wir."

Himmelreich griff nach einem dunklen Hoodie.

Sie verliessen das Zimmer.

Als Tommy die Tür des Jaguars öffnete, fielen ein paar Regentropfen hinein.

Billy wäre sicher unzufrieden, wenn er das sehen könnte, dachte er. Er liess den Motor an und fuhr los.

Der Wind drückte jetzt viel heftiger als tags zuvor an das Auto und der Regen nahm fast die ganze Sicht. Sie fuhren in Richtung Mikes Wohnung und hofften, er könne ihnen helfen.

Kapitel 27

Es dauerte nicht lange und dann befanden sie sich vor Mikes Haus. Tommy parkierte das Auto.

"Wir sind da", sagte Tommy und stieg aus dem Jaguar.

Wie beim letzten Mal klingelte er bei Mike. Niemand kam. Vielleicht hat er es nicht gehört, dachte Tommy und klingelte ein zweites Mal. Wieder nichts. Nach einer Weile klingelte er ein drittes Mal.

"Ist er nicht da?", fragte Himmelreich.

"Wahrscheinlich. Wir warten", sagte Tommy. Sie stiegen zurück ins Auto.

Sie warteten eine ganze Stunde lang. Mike erschien nicht.

Der Wind frischte auf.

"Wir warten drin auf ihn", entschied Tommy. Sie stiegen wieder aus und gingen nochmals zu seiner Haustür. Er zückte einen Metalldraht aus seiner Hosentasche und steckte ihn in das Schlüsselloch. Die Tür machte klick und ging auf.

"So. Hereinspaziert", sagte Tommy und zog Himmelreich an der Hand herbei. Sie gingen die Treppen hoch und klopften an Mikes Tür. Wieder geschah nichts. "Mike?", rief Tommy. Es kam eine Antwort, nur nicht die, welche sie erwartet hatten. Aus der Wohnung hörten sie ein Keuchen und ein leises: "Hier."

Tommy zog erneut seinen Draht. Wieder ein Klick und

die Tür war offen. Sie betraten die Wohnung und sahen Mike zusammengekrümmt am Boden liegen. Blut floss aus seiner Nase und färbte seine Zähne rot. Ein Auge war zugeschwollen. Sein Gesicht war ein einziger Bluterguss. Er sah genauso schlimm aus wie Tommy, als er von den drei Typen verschlagen worden war. Tommy und Himmelreich rannten zu ihm und knieten neben ihm nieder.

"Meine Güte. Was ist denn passiert?", fragte Tommy schockiert. Sie richteten Mike etwas auf.

"Es tut mir leid Tommy", flüsterte Mike.

"Um Gottes willen", sagte Himmelreich und hielt sich erschrocken die Hand vor den Mund.

"Was tut dir leid?", fragte Tommy und lehnte Mike an die Wand.

"Lariens Leute waren hier. Sie suchen euch. Sie wollen euch umbringen. Genau wie sie die anderen umgebracht haben", antwortete Mike.

"Was?" Tommy stand auf und fragte fassungslos: "Was? Was hat das alles mit dir zu tun? Warum kommen sie zu dir? Niemand weiss, dass wir uns kennen. Was soll das Ganze?"

"Ich kann dir alles erklären", sagte Mike. Himmelreich kauerte still und verstört in der Ecke und hörte zu.

"Okay, dann mach mal. Erklär es mir", forderte Tommy ihn auf.

"Wo soll ich anfangen?", fragte Mike kraftlos.

"Was für eine Frage, von vorn."

"Also gut. Als ich um die zwanzig war, war ich beim Militär. Nach ein paar Jahren trat ich aus der Armee aus, ich hatte aber immer noch Kontakt zu gewissen Leuten. Ich hielt für sie Ausschau in der Welt. Falls es was Interessantes gab oder sie mich brauchten, ging ich zu ihnen oder sie kamen zu mir." Er schluckte.

Tommy hörte angespannt zu.

Mike fuhr fort: "Als Marc Larien Präsident wurde, wurde unsere Einheit seine eigene, kleine, private Truppe. Sie arbeitete jetzt für Marc. Ich arbeitete jetzt für Marc. Mary, die nicht mehr zusehen konnte, wie das Land, das sie liebte, sich in einen Albtraum verwandelte, wollte etwas gegen Marc tun. Sie hat nachgeforscht, in der Hoffnung etwas gegen ihn zu finden. Sie wollte ihr altes Leben zurückhaben. Durch Beobachtungen und Geduld erfuhr ich, dass Mary mit drei jungen Frauen Kontakt aufgenommen hatte: Selina Morin, Henrietta Mehlin und Alice Bevilacqua. Was diese drei Frauen Mary erzählt haben, weiss ich nicht, aber Marc kannte diese drei Frauen. Er hatte eine Scheissangst.

Mary hatte also Beweise gegen Marc. Eigentlich wussten nur Mary, die drei Frauen, Marc und ich davon. Aber, das war uns nicht klar. Marc dachte, Mary hätte alle Mitglieder des Lichts informiert. Das war nicht so.

Marcs Leute kamen vor ein paar Tagen hierher und fragten mich, wo Mary sich versteckt hielt. Durch Billy wusste ich, wo sie war. Tommy ... du musst mir glauben

... ich ahnte nicht, was sie vorhatten."

Tommys Wut war wieder da. Sie stieg in ihm wie Dampf in einem Kessel. Mike sah ihm das an, konnte es ihm aber nicht wirklich übelnehmen. Dann sagte er: "Na, auf jeden Fall, ich verriet es ihnen. Ich wusste ja, wer Mary war, und ich wusste ja auch, wo sie war. Ich kannte sie ja von Billy. Marcs Leute gingen hin und brachten alle um. Und heute kamen sie schon wieder zu mir. Sie erzählten mir alles. Sie waren sich nicht sicher, ob sie alle Mitglieder des Lichts eliminiert hatten. Sie fragten mich, ob ich von Überlebenden wüsste. Und ob ich einen Typ namens Tommy kennen würde. Du hattest Kontakt mit einem dieser Idioten, hab ich recht? Du bist jetzt eine Gefahr für Marc und seine Leute." Er hielt kurz inne: "Ich sagte ihnen, dass ich nicht alle Mitglieder des Lichts kenne. Dass ich niemanden kenne, der Tommy heisst. Aber sie glaubten mir nicht. Sie schlugen und schlugen mich. Ich konnte nicht mehr. Ich musste es ihnen sagen." Er liess den Kopf hängen.

Tommy fragte wütend: "Was hast du ihnen gesagt?"

Mike hob den Kopf: "Ich habe ihnen alles gesagt. Dass du Mitglied des Lichts warst. Dass du Mary gekannt hast. Dass du etwas vorhast, aber ich nicht weiss, was. Das habe ich ihnen gesagt. Es tut mir leid."

Tommy fuhr sich mit den Händen durch das Haar: "Es tut dir leid? ES TUT DIR LEID? DU HAST SIE ALLE UMGEBRACHT!

DU HAST BILLY UMGEBRACHT, NUR WEIL DU DACHTEST ... DU DACHTEST, SIE HÄTTEN NICHTS SCHLIMMES VOR! WIE BESCHEUERT MUSS MAN DENN SEIN, UM DAS ZU GLAUBEN? NUR EIN KRANKES ARSCHLOCH KANN SO DUMM SEIN! UND JETZT? JETZT SIND WIR DRAN! DIE WERDEN UNS UMBRINGEN! SIE WERDEN UNS UMBRINGEN, NUR WEIL DU WEGEN EIN PAAR SCHLÄGEN DEIN MAUL NICHT HALTEN KONNTEST!"

"Es tut mir ja so leid Tommy ...", flüsterte Mike.

"ICH FASSE ES NICHT! ES TUT DIR LEID? DU SCHWEIN! DU VERDAMMTES SCHWEIN!" Himmelreich ging dazwischen, als Tommy versuchte, Mike zu schlagen. Sie hielt ihn zurück und sagte: "Tut das nicht. Ich rufe einen Krankenwagen und wir gehen."

Im Hintergrund jammerte Mike: "Ich hatte keine Wahl. Du musst mir glauben."

"Komm, lass uns gehen Tommy. Okay?" Himmelreich nahm Tommy an die Hand und sie verliessen die Wohnung. Tommy war wie ein kleines Kind. Er liess sich von Himmelreich ziehen, liess sich von ihr führen. Sie war das Einzige, was ihn aus diesem Labyrinth heraushelfen konnte.

Himmelreich hielt unten an der Treppe an und drehte sich zu Tommy: "Bleib hier. Ich komme gleich zurück." Sie lief die Treppe wieder hoch und verschwand in Mikes Wohnung. Stumm setzte sich Tommy auf die drittletzte

Stufe. Sein Atem ging schnell. Er strich sich wieder mit der Hand durchs Haar. Dann hörte er Schritte auf den Stufen über ihm. Himmelreich kam wieder herunter. Sie stellte sich vor Tommy und sagte: "Wir müssen von hier verschwinden Tommy. Verstehst du?"

"Er hat alle umgebracht, Himmelreich. Nur wegen ihm. Nur weil er dachte." Tommys Stimme wurde zittrig.

"Tommy, wir müssen weiter. Du kannst ihn hassen und du kannst ihn auch in deinen Träumen zusammenschlagen, von mir aus, aber lass es jetzt gut sein, komm wieder zu dir. Wir haben noch viel zu tun. Wir müssen weiter."

"Ich will ihn umbringen", sagte Tommy.

"Wen? Tommy, wen? Mike? Er ist es nicht wert."

"Marc. Und ich weiss auch schon wie. Hilfst du mir?", fragte Tommy.

"Ja", antwortete Himmelreich und küsste ihn auf die Lippen.

"Komm Tommy. Wir müssen gehen. Der Krankenwagen trifft sicher gleich ein." Er stand auf und sie nahm ihn wieder an der Hand. Draussen stürmte es. Schnell liefen sie zum Jaguar und stiegen ein.

"Wie willst du das machen, mit Marc?", fragte Himmelreich.

"Na, ich knall ihn einfach über den Haufen", antwortete Tommy mit versteinerter Miene und fuhr los.

"Wo fahren wir hin, Tommy?", fragte Himmelreich.

"Mike hat doch gesagt, dass Mary mit drei Frauen

Kontakt hatte. Sie hatte irgendwelche Beweise. Wir müssen sie finden. Wir müssen auf die Lichtung zurück. Mary hat sie bestimmt dort versteckt", antwortete Tommy.

"Ich dachte, du willst Marc umbringen?"

"Ja. Irgendwann werde ich das auch."

"Und warum sollten diese Beweise bei der Lichtung sein? Hatte Mary nicht irgendwo ein Haus oder eine Wohnung?"

"Ich habe keine wirkliche Erklärung, aber ich kenne Mary und sie hat sie dort versteckt. Es gibt nur diese Möglichkeit."

Jetzt fuhr er eindeutig zu schnell. Mit dem Cinquecento hätte er niemals so eine Geschwindigkeit hinbekommen.

Kapitel 28

Sie fuhren wieder aus der Stadt. Nahmen zuerst die Schnellstrasse und dann die Landstrasse. Die Scheibenwischer kämpften gegen den Regen, der vom Sturm an die Windschutzscheibe gepeitscht wurde. Manchmal verschwand die Aussenwelt komplett. Das Wasser aus den riesigen Pfützen entlang der Strasse bildete dröhnende Fontänen, wenn der Jaguar hindurchfuhr. Die Bäume tanzten wild hin und her. Es war so, als würde das Auto durch die Hölle fahren.

Sie erreichten den Tunnel und fuhren hindurch. Die Scheibenwischer wischten plötzlich leicht und mit einem leisen Quietschen.

Die Regenwand am anderen Ende des Tunnels kam immer näher. Sie durchbrachen sie. Der ohrenbetäubende Lärm fing wieder an und die Scheibenwischer kämpften wieder. Sie fuhren den Hügel zur Lichtung hoch, vorbei am Cinquecento, den Tommy im Wald versteckt hatte. Oben angekommen, hielt Tommy abrupt an. Hastig stiegen sie in den Sturm hinaus. Auf die Lichtung. Erinnerungen kamen in Tommy hoch. Schmerzhafte Erinnerungen. Erinnerungen, die ihm irgendwie so weit weg vorkamen und doch so nah. Der Ort kam ihm plötzlich alt vor. Verlassen und doch nicht. Irgendwie gespenstisch. Aber vielleicht lag das alles nur daran, dass die Vergangenheit immer noch auf der Lichtung ruhte. Die schwarzen Skelette der ausgebrannten Autos standen im Schlamm. Genau dort, wo Tommy sie gelassen hatte. In den Fahrzeugen nahm man manchmal dunkle Gestalten wahr. Tommy zwang sich, seinen Blick abzuwenden, doch manchmal schweifte er trotzdem zu den Leichen zurück. Dieser Ort hatte sich verändert. Anstatt eines Orts der Freude, des Lichts und der Liebe war es jetzt nur noch ein Ort der Vergangenheit. Ein Friedhof. Für Autos, für Menschen, für Erinnerungen.

"Such. Die Beweise müssen hier irgendwo sein", schrie Tommy.

Himmelreich schaute über den Jaguar zu Tommy rüber und schrie zurück: "Wo? Wo sollen wir anfangen?" Tommy sah zu ihr. Wo? Wo sollten sie nur suchen? Sie konnten nicht einfach die ganze Lichtung absuchen. Durchnässt versuchte er eine Antwort zu finden. Warum war er überhaupt zurückgekehrt zu diesem Ort? Warum? Darauf kannte er die Antwort. Weil er sich sicher war, dass Mary die Beweise hier versteckt hatte. So musste es sein. Aber wo? Er wusste es nicht. Er hatte keine Ahnung. Hilflos dachte er nach, während vor seinen Augen die Welt unterging. Krieg der Elemente. Der Regen stürzte auf ihn nieder. Die Blätter wirbelten in der Luft. Der Wind brachte ihn zum Schwanken.

Wo würdest du sie verstecken, Mary? dachte Tommy. Wenn ich Mary wäre, was wäre der perfekte Ort, um die Beweise zu verstecken? Ein Ort, der niemandem in den

Sinn käme. Wo nur du auf die Idee kommen würdest.

"Moment mal", flüsterte Tommy.

"Was?", schrie Himmelreich, weil sie ihn nicht verstand.

"Ich glaub, ich hab es", schrie Tommy zurück. Er rannte rutschend durch den Schlamm zu Marys altem Baum. Himmelreich lief ihm nach: "Was willst du hier?"

"Mary hat so viel von diesem Baum erzählt, das kannst du dir gar nicht vorstellen", schrie Tommy zurück. Er ging um den Baum herum.

"Was ist da?", schrie Himmelreich. Tommy schaute sich den dicken Baum an. Suchte nach etwas. Er hielt an, ging in die Knie und fuhr mit der Hand über die Rinde. Er spürte eine ungewöhnliche Unebenheit. Eine eckige Unebenheit. Er schlug mit der Faust dagegen. Sie bewegte sich. Er stand auf und trat auf die Stelle ein. Immer und immer wieder, bis die Rinde in Stücke auseinanderfiel. Tommy kniete sich erneut hin und entfernte die Überreste der Rinde. Dahinter befand sich ein kleiner Hohlraum. Er enthielt einen Plastikbeutel mit drei Sticks und gefalteten Blättern darin. Himmelreich staunte. Tommy nahm den Beutel heraus. Durch den nassen Plastik schaute er sich die Sticks an. Darauf stand in kleiner Handschrift: S.M., H.M., A.B. Tommy stand auf und schrie: "Das müssen wir uns ansehen." Er stolperte zum Jaguar zurück, Himmelreich folgte ganz dicht hinter ihm. Sie stiegen beide ein. Der Regen prasselte auf das Dach. Tommy griff nach dem Laptop und legte ihn auf seine Oberschenkel. Er nahm den Stick mit den Initialen S.M. aus dem Beutel und steckte ihn seitlich in den Laptop. Auf dem Bildschirm erschien ein Icon. Tommy klickte darauf. Ein Video startete. Es zeigte eine junge Frau, die an einem Schreibtisch sass. Blutergüsse entstellten ihr Gesicht. Ihre Unterlippe war in der Mitte genäht worden. Das braune Haar fiel ihr ins Gesicht, als würde sie sich dahinter verstecken wollen. Sie hatte die Arme ineinander verschränkt und sah direkt in die Kamera. Man sah ihr an, dass sie Angst hatte. Nicht vor dem, was passiert war, sondern vor dem, was passieren könnte. Wieso Tommy dies dachte, wusste er selbst nicht. Er wusste es einfach. Nach einer Weile sprach jemand im Hintergrund. Diese Stimme war Mary, eindeutig. Tommy erkannte sie sofort. Es gab keinen Zweifel. Mary sagte: "19. April 2016. Erste Zeugin. Bitte sagen Sie mir Ihren Namen und erzählen Sie mir alles, was passiert ist."

"Ich heisse Selina Morin. Marc Larien hat mich zusammengeschlagen und danach vergewaltigt."

"Warum haben Sie ihn nicht angeklagt?"

"Ich ... Er hat gesagt, wenn ich das tue, dann würde er mir wehtun. Er würde jemanden umbringen, den ich liebe, oder noch Schlimmeres tun."

"Und warum erzählen Sie es mir trotzdem?", fragte Mary.

"Ich ... Ich will, dass er bekommt, was er verdient hat. Ich will, dass er das nie wieder tut." Ihre Stimme wurde zittrig.

"Das war alles. Ich danke Ihnen Selina."

Dann ging die Kamera aus.

Tommy entfernte den Stick vom Laptop und legte ihn zurück in den Beutel. Hastig nahm er einen weiteren Stick heraus und steckte ihn ebenfalls in den Laptop. Das Icon erschien wieder. Er klickte darauf. Das Video startete, nur dass jetzt eine andere Frau erschien. Sie sah mitgenommen aus. Hatte rote Ränder unter den Augen, ein bleiches Gesicht.

"2. Mai 2016. Zweite Zeugin. Bitte sagen Sie mir Ihren Namen und erklären Sie mir, was passiert ist", sagte Mary wieder im Hintergrund.

"Mein Name ist Henrietta Mehlin. Ich habe Marc Larien bei einer Party kennengelernt. Und dachte ... Was dachte ich? Ich glaube, ich war einfach naiv und unvorsichtig. Und dumm. Ich habe nicht überlegt. Er hat mich zu sich nach Hause eingeladen und ... ich habe mir nichts dabei gedacht." Die junge Frau senkte den Blick.

"Und was ist dann passiert, Henrietta?"

"Er war zuerst ganz nett. Wir haben zusammen gegessen und hatten es eigentlich auch lustig miteinander. Erst als ich aufstand und sagte, ich würde jetzt nach Hause gehen. Da hat es angefangen. Er wollte nicht, dass ich gehe. Ich sagte ihm nochmal, dass ich jetzt nach Hause müsse. Er packte mein Handgelenk und verlangte lauter, dass ich bleibe. Ich riss mich los und sagte nein. Dann schlug er mich. Ich fiel zu Boden und suchte nach irgendeinem Gegenstand, um mich zu wehren. Ich hatte solche Angst. Ich fand was und griff danach. Ich hatte irgendein Kunstwerk aus Glas in der Hand. Ich schlug nach ihm. Das Teil zerbrach und verletzte ihn am Bein. Er schrie und ich rannte davon. Humpelnd folgte er mir ...” Sie hielt kurz inne, dann fuhr sie fort: “Ich schaffte es aus dem Haus und rannte durch den Garten auf die Strasse. Er schrie mir hinterher, er würde mich umbringen, wenn ich etwas sage.”

Sie fing an zu weinen.

Mary merkte, dass es genug war: “Ich danke Ihnen. Wir werden ihn zur Hölle schicken, das verspreche ich Ihnen, Henrietta.”

Das Video war fertig.

Tommy überlegte nicht lange. Er steckte sofort den letzten Stick in den Laptop. Es erschien wieder das vertraute Icon. Wie gehabt, klickte er darauf. Erwartungsgemäss erschien wieder eine junge Frau. Das ist wahrscheinlich Alice Bevilacqua, dachte Tommy. Auch sie sass am selben Schreibtisch. Sie sah nicht ganz so schlimm aus wie die anderen beiden Frauen. Bis auf ihren Hals. Rundherum war ein roter, verkrusteter Streifen zu sehen.

“9. Juni 2016. Dritte Zeugin. Bitte sagen Sie mir Ihren Namen und erzählen Sie, was Marc Ihnen angetan hat”, sagte wieder Marys Stimme im Hintergrund.

“Mein Name ist Alice Bevilacqua. Vor ungefähr zwei

Wochen lernte ich einen Mann kennen. Marc Larien. Wir trafen uns das erste Mal in einem Park. Er schien mir nett und so verabredeten wir uns für eine kleine Rundfahrt mit seinem Auto. Wir assen in einem schönen Restaurant zu Abend. Alles schien so ... friedlich. Auf dem Heimweg hielten wir an und machten einen Spaziergang am Waldrand, um die frische Luft zu geniessen. Dann sagte ich anscheinend was Falsches. Er flippte aus. Schrie mich an. Nannte mich eine Schlampe. Ich wurde wütend. Er holte mit der Hand aus, ich packte sie. Er riss sich los und legte seine Hände um meinen Hals. In diesem Moment wusste ich, dass dieser Mann ein Mörder ist. Ich wusste auch, dass ich diese Nacht nicht überleben würde. Er würde mich umbringen. Doch irgendwie konnte ich mich befreien. Ich rannte zurück zum Auto. Ich wusste, dass die Schlüssel stecken. Ich fuhr los.

"Warum haben Sie ihn nicht angezeigt?"

"Ich hatte Angst. Ich hatte einfach solche Angst. Ich hatte irgendwie das Gefühl, er würde mich jagen, wenn ich das täte. Er würde mich jagen und umbringen. Ich wollte weg. Bis Sie mich fanden. Ich will mich nicht mehr davonschleichen. Ich glaube, dass das hier richtig ist."

"Ich danke Ihnen. Sie sind eine tapfere Frau Alice."

Das war das Letzte, was Mary sagte. Das Video war fertig.

Tommy und Himmelreich starrten still den dunklen Bildschirm an. Tommy zog die Dokumente aus dem Beutel. Es waren die Lebensläufe der drei Frauen. Darin stand alles: die Namen, Geburtsdaten, Adressen, Telefonnummern und persönlichen Daten.

"Das ist es. So kriegen wir ihn", sagte Tommy triumphierend.

"Damit gehen wir zur Presse", sagte Himmelreich.

"Jop. Er wird nie wieder als Präsident vor die Kamera treten. Er wird sowieso nie wieder irgendetwas."

Er packte alles in den Beutel: "Wir müssen sofort zur WeltAmTag. Die Zeitung ist gross und unabhängig."

Schüsse fielen. Die Heckscheibe zerbrach. Tommy und Himmelreich duckten sich.

"Ach du Scheisse. Jemand schiesst auf uns", schrie Tommy. Der Jaguar fauchte, als Tommy den Motor startete. Er legte den Rückwärtsgang ein. Die Räder drehten durch. Dann schlingerte das Auto zurück. Er bremste, legte den Vorwärtsgang ein und raste den Hügel runter. Drei schwarze Autos folgten ihnen.

"Das sind Marcs Leute", sagte Tommy.

Jetzt waren sie im Tunnel. Im Rückspiegel sah er, wie ein Mann mit einer Waffe in der Hand sich aus dem ersten Auto lehnte. Er schoss. Er traf den Kofferraum. Tommy drückte auf das Gaspedal. Der Jaguar brüllte und machte einen Satz nach vorne. Tommy fixierte das Ende des Tunnels, das immer näherkam. Er dachte: Wenn wir es bis dorthin schaffen, hören sie auf zu schiessen. Der Sturm ist dann einfach zu stark.

Eine Kugel traf fast das linke Rad. Schweiss rann von Tommys Stirn. Wie ein Geschoss verliess der Jaguar den Tunnel. Fuhr hinein in den Sturm.

Draussen, dachte Tommy erleichtert. Er sah in den Rückspiegel. Der Mann mit der Waffe sass wieder im Auto. Fast schon unkontrolliert rutschte der Jaguar von einer Kurve in die andere. Himmelreich rief beunruhigt: "Tommy, fahr langsamer, du siehst ja fast nichts." Doch Tommy hielt die Geschwindigkeit. Er antwortete nur: "Ich kenne diese Strecke, glaube mir Himmelreich." Zwei schwache Lichter erschienen, als sie aus einer Kurve fuhren. Ein Auto kam ihnen entgegen. Tommy wich fluchend aus. Himmelreich schrie auf und packte mit der rechten Hand den Griff über der Tür. Tommy sah schnell in den Rückspiegel. Hupend hielt das Auto auf der Strasse an. Der erste schwarze Wagen verlor die Kontrolle. Kam ins Rutschen und versuchte, ohne Erfolg auszukorrigieren. Er schlitterte von der Strasse und krachte in den Wald.

"Einer weniger", jubelte Tommy. Endlich kam die Schnellstrasse. Tommy beschleunigte noch einmal. Von zwei schwarzen Monstern gejagt, gab der Jaguar alles. Er durchschnitt kreischend die Luft. Sein Motor glühte. Seine Kolben arbeiteten am Limit. Kein Sturm auf dieser Welt konnte ihn mehr aufhalten.

Verschwommene rote Lichter tauchten in der Ferne auf. Tommy lehnte sich etwas vor. Drei oder vier Autos standen dort. Ein grosser Baum, der wegen des Sturms umgefallen war, schien die ganze Strasse zu versperren.

"Oh nein! Nicht das auch noch!", ärgerte sich Tommy und nahm den Fuss etwas vom Gaspedal.

"Und was machen wir jetzt?", fragte Himmelreich. Tommy überlegte scharf. Auf der rechten Strassenseite gab es eine schmale, abschüssige Wiese vor dem Wald. Auf der linken Seite jedoch nicht. Dort lag der Wald direkt an der Strasse.

"Fahr auf die Wiese. Dann können wir sie umgehen", schlug Himmelreich vor. Doch Tommy schüttelte den Kopf: "Zu steil. Der Jaguar würde kippen. Schlimmstenfalls würden sich die Türrahmen verbiegen und wir würden festsitzen. Das ist ein zu grosses Risiko."

"Und was machen wir dann?"

"Wir springen!"

"Wir springen?"

"Jep."

"Aus dem fahrenden Auto?"

"Jep."

Stille.

"Okay. Und wann hast du vor zu springen, Tommy?"

"Ich sage 'jetzt' und dann springen wir aus meiner Tür. Alles klar?"

"Alles klar."

"Nimm den Beutel und komm auf meinen Sitz."

"Alles klar", sagte Himmelreich.

Die vier Autos vor ihnen kamen immer näher. Tommy

beschleunigte wieder.

"Halte dich fest Himmelreich."

"Tu ich bereits."

Die Autos kamen noch näher. Die roten Lichter wurden immer grösser und klarer.

"Aber Tommy, die Wiese ist auf meiner Seite!"

Tommy bremste hart und riss das Lenkrad herum. Die Räder quietschten und der Jaguar drehte sich um hundertachtzig Grad. Jetzt drückte Tommy erneut das Gaspedal runter. Vor ihnen, die zwei schwarzen Wagen. Sie kamen direkt auf sie zu.

"Jetzt!", schrie Tommy, riss die Tür auf, nahm unbewusst die Hand von Himmelreich und sprang.

Sie landeten mit hoher Geschwindigkeit im Gras.

Der Jaguar fuhr weiter und donnerte krachend in den vorderen Wagen. Eine riesige Stichflamme fuhr mit einem ohrenbetäubenden Lärm hoch in den Himmel. Beide waren explodiert.

Rollend trennten sich Tommy und Himmelreich voneinander. Tommy spürte den Schlamm. Alles drehte sich. Regen prasselte auf ihn ein. Er stiess mit dem Ellenbogen gegen einen Stein und merkte, wie sein Arm kurz taub wurde. Als er endlich zum Stillstand kam, stand er rutschend auf und lief zu Himmelreich: "Alles okay?"

"Ja. Ich habe mir den Finger umgedreht. Aber sonst ist alles okay. Und bei dir?", fragte sie zurück und stand auf.

"Alles okay."

Tommy drehte sich Richtung Strasse und sah, wie der übriggebliebene Wagen langsam die Böschung hinunter auf sie zurollte.

"Renn", befahl Tommy.

Zum Glück ist der Wald nicht allzu weit weg. Das ist unsere einzige Chance, dachte Tommy.

Sie rannten, so schnell sie konnten, auf den Wald zu, doch der Wagen holte auf. Aber sie rannten weiter. Sie rannten um ihr Leben. Sie erreichten den Wald und stürmten hinein. Der Wagen bremste ab. Er versuchte erfolglos, sich einen Weg zu bahnen. Fünf bewaffnete Männer stiegen hastig aus. Sie betraten ebenfalls den Wald und rannten Tommy und Himmelreich hinterher. Versuchten, sie einzuholen, sie zu schnappen, sie zu töten. Egal zu welchem Preis. Sie hatten einen Befehl und der war auszuführen. Der Wald war jetzt ein gefährlicher Ort. Ein Ort, den man vielleicht nie wieder verlassen würde. Ein Ort, der unberechenbar war. Aber vielleicht auch ein Ort, der für Himmelreich und Tommy die Rettung war.

Sie rannten mitten im Chaos weiter. Durch einen dunklen Wald. In der Hoffnung, ihn lebend wieder zu verlassen.

Die Bäume schienen verhext und zum Leben erwacht. Sie versuchten, aus der Erde zu steigen. Und gleichzeitig schrien sie dabei. Dann brachen sie in der Mitte entzwei und fielen krachend zu Boden. Ein Blitz schlug ein. Der Wald wurde für eine Millisekunde erhellt, bevor er wieder in die Dunkelheit versank. Der Knall war ohrenbetäubend.

Tommy vernahm wieder das Geräusch eines brechenden Baumes und schaute zurück. Einer der Männer wurde vom fallendem Stamm getroffen. Nur noch vier, dachte Tommy. Trotzdem, ewig würden sie nicht davonlaufen können. Irgendwann würden sie müde werden. Es würde Nacht werden.

Tommy rutschte auf dem schlammigen Boden aus und fiel hin. Himmelreich lief zu ihm. Er stand schnell wieder auf und beide rannten weiter, aber die anderen holten rasch auf. Sie waren jetzt nur noch ein paar Meter entfernt.

Wie wird das bloss enden, dachte Tommy verzweifelt. Mit unserem Tod? Oder werden wir es schaffen? Oder werden sie aufgeben? Wahrscheinlich nicht. Niemals. Er wusste es nicht. Aber heute war ein guter Tag. Heute hatte Tommy entschieden, sie würden Glück haben. Aber egal wie es enden würde, ob gut oder schlecht, enden würde es. Er rechnete mit dem Schlimmsten und hoffte auf das Beste.

Das Glück zeigte sich in Gestalt eines kleinen Felsvorsprungs, auf dem sie gelandet waren und unter dem ein kleiner See lag. Himmelreich und Tommy überlegten nicht lange und sprangen. Rechne mit dem Schlimmsten, dachte Tommy: Das Wasser ist nicht tief genug und wir schlagen auf dem Grund auf. Hoffe auf das Beste: Die

Tiefe reicht und die anderen wagen es nicht, zu springen und lassen uns entkommen. Keines von beiden, dachte Tommy. Das Wasser war tief genug, aber die Männer sprangen ihnen nach. Tommy und Himmelreich tauchten im kalten Wasser unter. Beide kamen wieder an die Oberfläche und schwammen zum Ufer. Ihre nassen Kleider waren schwer und machten das Schwimmen schwierig.

Tommy erreichte das Ufer nach Himmelreich und zog sich aus dem Wasser hinaus. Er schleifte sich, mit grosser Erleichterung, auf das Land und stand keuchend auf. Plötzlich packte einer der Männer Tommys linker Fuss. Tommy fiel zurück auf den Boden. Ohne zu überlegen, zog Tommy sein rechtes Bein an, um den Mann zu treten. Doch dieser war schneller. Mit seiner gezogenen Waffe schoss er. Er traf Tommy in das linke Bein. Voller Verzweiflung und Wut schlug ihm Tommy mit aller Kraft seinen rechten Schuh ins Gesicht. Der Mann liess los und sank bewusstlos zurück ins Wasser. Einer der Söldner tauchte ihm hinterher, um ihm zu helfen. Die anderen zwei gingen auf Himmelreich los, aber sie hatte jetzt eine Waffe. Sie war viel schneller am Ufer angelangt als Tommy und hatte sich einen stabilen Ast besorgt. Sie holte aus und schlug ihn einem der Männer ins Gesicht. Ausser Gefecht ging er, mit blutendem Gesicht, zu Boden. Der zweite Söldner stand plötzlich vor Himmelreich. Die Waffe auf sie gerichtet. Sie schlug ihm die Waffe aus der Hand. Dann holte sie erneut aus und traf sein Gesicht. Er fiel auf alle Viere. Himmelreich ging auf ihn zu und trat ihm mehrere Male in die Rippen. Er sackte zusammen.

Keuchend rannte Himmelreich zu Tommy.

"Hast du den Beutel noch?", fragte Tommy erschöpft.

Himmelreich nickte.

"Steh auf, die sind gleich wieder auf den Beinen", sagte Himmelreich und half Tommy. Er hatte Glück gehabt, die Kugel hatte keinen schlimmen Schaden angerichtet. Er spürte fast nichts. Adrenalin. Noch.

"Da lang", sagte Tommy und rannte humpelnd weiter. Himmelreich folgte ihm. Sie warf einen Blick über die Schulter und sah, wie die Männer wieder langsam zusammenkamen.

"Verdammt", flüsterte sie. Ihr Tempo war jetzt viel geringer als vorher. Tommy hatte Mühe. Sein Hosenbein hatte sich rot gefärbt. Er wurde noch langsamer. Sie nahm ihn an die Hand und zog ihn. Komm schon, komm schon, dachte Himmelreich.

"So kommen wir nicht weit, die werden uns einholen", sagte Tommy und riss Himmelreich ins Dickicht.

"Nimm das Dokument und renn so schnell du kannst zur WeltAmTag. Ich verschaffe dir etwas Zeit." Er fiel auf die Knie.

"Bist du verrückt, sie werden dich umbringen. Das schaffen wir schon. Komm!", befahl Himmelreich und zog ihn wieder halbwegs auf die Beine.

"Nein, das schaffen wir nicht. Aber ich werde es überleben, hoff ich zumindest." Er setzte sich wieder auf den Boden und sagte: "Bitte Himmelreich, tu es. Tu es für Mary, tu es für alle, die es gewollt hätten, aber die Möglichkeit nicht hatten, tu es für mich. Wir treffen uns beim Cinquecento, ich werde dort sein und auf dich warten." Himmelreich fasste mit der Hand hinter ihren Rücken. Sie zog eine Beretta Diabolo hervor und streckte sie ihm entgegen. Tommy staunte.

"Für den Notfall. Sie ist geladen." Sie schaute zu den Männern, die immer näherkamen. Tommy nahm die Waffe zu sich.

"Wehe, du versetzt mich", drohte Himmelreich und rannte fort.

Tommy warf einen Blick aus dem Dickicht. Die vier Männer liefen in seine Richtung. Verdammt, dachte er. Vier Männer zu erschiessen, die in Bewegung sind, ist nicht gerade das Einfachste. Aber es gibt keine andere Möglichkeit. Es ist, wenn überhaupt, meine einzige Chance, am Leben zu bleiben. Ich muss sie alle vier hintereinander abschiessen.

Er blickte nochmals zu den Söldnern. Sie waren nur noch wenige Meter entfernt. Er entsicherte die Beretta und bereitete sich vor, sie aus dem Dickicht heraus zu erschiessen.

Ruhig Tommy, ruhig, dachte er. Konzentration. Du hast nur eine Chance. Nur eine Chance.

Die Männer kamen näher.

Warte noch, dachte er. Er fixierte sie.

Der erste Söldner lief in seine Schusslinie. Er drückte ab und traf ihn am Hals. Der Mann ging sofort zu Boden. Der zweite Söldner trat ihm vor den Lauf, Tommy schoss. Aber er traf bloss sein Bein. Der Mann sackte schreiend zusammen. Schoss in die Luft. Tommy schmiss sich auf den Boden. Zielte erneut und schoss liegend auf den Mann. Diesmal traf er seinen Kopf. Die letzten Schüsse verhalten und vermischten sich mit dem Sturm. Der dritte Söldner wich aus und rannte in die Richtung, in welche Himmelreich verschwunden war. Tommy richtete schon die Waffe auf ihn, als er bemerkte, dass er schon zu weit weg war.

"Verdammt", fluchte er. Vorsichtig schaute er sich um: "Es waren doch vier Männer!" Nichts. Er konnte niemanden sehen. Mit dem Sturm war alles in Bewegung. Trotzdem versuchte er, irgendetwas zu erkennen. Er ging vorsichtig in die Hocke. Nichts.

"Wo bist du?", flüsterte er. Er legte sich wieder flach auf den Boden und kroch zum nächstgelegenen Baum. Er stand mühsam auf. Lehnte sich gegen den Stamm und schaute sich erneut um. Und dann, eine Bewegung hinter einem Baum vor ihm. Jetzt habe ich dich, du Ratte, dachte Tommy. Er wartete. Beobachtete. Der Söldner verliess langsam sein Versteck und näherte sich vorsichtig dem Dickicht. Tommy hob seine Beretta und folgte ihm mit dem Lauf. Der Mann verschwand immer wieder hinter

Bäumen. Dann blieb er stehen und schoss mehrere Male auf das Dickicht, wo sich Tommy vor wenigen Augenblicken noch versteckt gehalten hatte. Alles dort flog in Stücke. Tommy humpelte weiter zum nächsten Baum. Er stand jetzt fast hinter dem Söldner. Er zielt auf den Mann und drückte ab. Verfehlte sein Ziel. Umgehend drehte sich der Mann und schoss. Er traf die Beretta, die Tommy aus der Hand flog. Der Söldner rannte mit gezogener Waffe auf Tommy zu. Mit dem Mut der Verzweiflung sprang Tommy auf ihn. Der Mann verlor das Gleichgewicht und seine Waffe fiel in den Schlamm. Tommy wollte nach ihr greifen, aber der Söldner packte ihn am Hals und drückte mit beiden Händen zu. Tommy versuchte, die Hände des Mannes, der auf ihm kauerte, wegzureissen. Er bekam keine Luft mehr. Ein unangenehmer Druck baute sich in seinem Kopf auf. Der Mann grinste und Tommy wusste genau, was er dachte. Er konnte es in seinen Augen lesen: Ich mache dich fertig, du Nichts.

Wut. Diese unheimliche, unkontrollierbare Wut überfiel Tommy. Wut und Trauer. Trauer für das, was jetzt in der Vergangenheit ruhte.

Tommys Gesicht färbte sich rot. Der Druck wurde immer stärker. Seine Luft ging langsam aus. Ein Donner fiel. Der Mann grinste immer noch. Tommy musste an Mary denken. Wie sie vor ihm stand und sagte: "Und wenn es eine Zeit gibt, wo du dich alleine fühlst und am Boden liegst und glaubst, du könntest nicht mehr aufstehen, weil dir die Kraft dazu nicht reicht, dann nimm irgendetwas und stütz dich darauf ... Egal was es ist. Sei es eine Person ... sei es ein Lied ... sei es ein Gefühl ... sei es die alte Mary. Mary. Mary." Für Tommy fühlte sich dieser Augenblick wie eine Ewigkeit an. Als würde die Zeit stehenbleiben. "Hohl dir die Kraft, um aufzustehen ... und glaube mir ... die Kraft wird da sein." Die Zeit nahm wieder ihren Lauf. Ihre normale Geschwindigkeit.

Tommy riss mit aller Kraft die Hände des Mannes weg. Befreite sich. Er fand die Beretta und schoss dem Söldner ins Bein. Der Mann schrie auf und liess Tommy los. Tommy schnappte nach Luft und hielt sich mit der linken Hand den Hals. Der Mann sah verblüfft zu Tommy und langte zu seiner Waffe. Tommy liess die Beretta neben seinen Fuss fallen. Er stürzte sich auf den Mann und schlug ihm ins Gesicht. Er schlug und schlug und schlug mit aller Kraft und liess ihm keine Möglichkeit, nach Luft zu schnappen. Der Söldner hatte keine Chance. Null. Tommy verprügelte ihn so lange, bis sein Gesicht mit Blut überströmt war. Der Mann bewegte sich nicht mehr. Trotzdem schlug Tommy wie ein Wahnsinniger weiter auf ihn ein. Mit blutigen Händen nahm Tommy seine Beretta wieder vom Boden hoch, stand auf und sah dem Söldner direkt in die Augen. Der Mann schaute zu Tommy hoch. Er hatte Angst. So Angst. Sein Grinsen war verschwunden. Tommy zielte mit der Beretta auf ihn und sagte: "Möge sich dieser Moment für ewig in deinem beschissenen Hirn einbrennen. FAHR ZUR HÖLLE, ARSCHLOCH." Er drückte den Abzug.

Kapitel 29

Himmelreich rannte so schnell sie konnte. Sie rutschte auf dem schlammigen Boden aus.

"Verdammt", flüsterte sie und hörte leise einen Schuss. Erschrocken blickte sie zurück. Bitte mach, dass er nicht Tommy galt, dachte Himmelreich. Der letzte Söldner kam in ihr Blickfeld. Er rannte auf sie zu. Schnell stand sie auf und rannte weiter.

"Bleib stehen Mädchen", schrie der Söldner ihr zu.

Himmelreich rannte weiter.

Ihre Haare wirbelten herum, schlugen ihr ins Gesicht. Sie dachte was Verrücktes: Ich werde nachher eine ganze Stunde damit verbringen, die Knüppel aus dem Haar zu bürsten.

Der Söldner schoss, traf sie aber nicht. Sie rannte weiter. Liess sich von nichts mehr aufhalten. Oder besser gesagt: Sie durfte sich von nichts mehr aufhalten lassen. Doch ihre Kraft würde nicht ewig reichen. Sie spürte, wie sie langsam schwand. Wie sie müde und schwächer wurde. Wie sie ihre Beine nur noch mit Mühe heben konnte. Trotzdem gab sie nicht auf. Rannte einfach weiter.

Dann erkannte sie, jenseits des Waldes, die Hauptstrasse mit dem umgefallenen Baum. Das gab ihr wieder etwas Kraft. Ein Ziel. Eine Hoffnung. Sie rannte darauf zu. Langsam kam die Wiese näher. Und wenn die Wiese näherkam, dann tat es die Strasse auch. Du hast es bald geschafft, dachte sie. Renn einfach weiter. Denk einfach nur an die Beine. Reiss dich zusammen. Sie gelangte zur Wiese. Sie wurde langsamer, als sie die Böschung hochrannte. Der Söldner klebte ihr immer noch an den Fersen.

Himmelreich schaute sich kurz um. Auf der anderen Seite des Baumes qualmte der Jaguar immer noch. Ein Auto stand leer auf ihrer Seite. Die Türen standen offen. Sie rannte darauf zu. Der Söldner schoss erneut. Die Leute, die herumstanden, rannten schreiend davon. Himmelreich stieg hastig in das Auto ein. Der Schlüssel steckte. Gott sei Dank, dachte sie. Sie schloss die Tür und startete den Wagen. Der Söldner rannte. Kam immer näher. Sie schaltete den Rückwärtsgang ein, um sich vom liegenden Baum zu entfernen. Dann wieder den Vorwärtsgang. Der Söldner kam noch näher. Sie drehte das Lenkrad so fest es ging und fuhr weg. Der Söldner stand jetzt knapp hinter dem Auto. Er schoss, traf aber nichts Wichtiges. Himmelreich keuchte und hatte das Gefühl, sie bekomme nicht genügend Luft. Sie würde ersticken. Sie würde es nicht mehr schaffen. Sie legte den Beutel, den sie die ganze Zeit verkrampft gehalten hatte, auf den Beifahrersitz.

Sie sah kurz in den Rückspiegel. Der Mann war wütend. Himmelreich lächelte: "Da hast du es, Arschloch." Ihr Atem ging leichter. Doch jetzt beschlich sie das miese Gefühl, dass Tommy es nicht überlebt hatte. Dass er nicht aufkreuzen würde beim Cinquecento. Dass er irgendwo im Wald läge, allein, sterbend. Und sie ihm nicht helfen könne. Sie konnte nur auf das Beste hoffen.

Kapitel 30

WeltAmTag. Ein grosses, graues Betongebäude mit langen, braunen Schlieren auf den Wänden. Wie ein Geschwür ragte es in den Himmel. Doch für Himmelreich war es nicht hässlich, sondern ihr Ziel. Oder besser gesagt: Der erste Schritt auf dem Weg zu ihrem Ziel. Die Hoffnung, dass sie wieder normal leben können würde.

Noch war nichts sicher. Vielleicht würden sie ihr gar nicht zuhören. Sie sofort wieder rauswerfen. Sie musste es probieren. Sie musste es schaffen.

Sie hielt abrupt vor dem Gebäude an und stieg, mit dem Beutel in der Hand, aus. Sie rannte zur Tür, stiess sie auf und betrat die dahinter liegende Halle. Stimmengewirr und Geklapper lösten den tosenden Sturm ab. Der ganze Raum war voll mit Schreibtischen. Leute liefen herum. Andere sassen an ihrem Arbeitsplatz und tippten oder telefonierten.

"Entschuldigung, kann ich ihnen helfen?", fragte eine Frau hinter einer Empfangstheke.

"Ich muss mit einem Reporter sprechen. Es ist unheimlich wichtig. Bitte. Es ist wirklich wichtig."

Die Frau zögerte: "Also gut. Folgen sie mir." Sie schlängelten sich an den Schreibtischen vorbei. Gelangten zu einem, auf dem sich Papiere, Dokumente und sonstige Sachen stapelten.

"Alex, da ist eine Frau für dich. Sie sagt, sie habe was

unheimlich Wichtiges. Könntest du dir das mal ansehen?", fragte die Frau den Reporter, der gerade an seinem Kaffee nippte.

"Ja. Mach ich. Danke", sagte er. Er stand von seinem Stuhl auf und streckte seine Hand aus.

"Hallo. Ich bin Alex Child. Was haben Sie für mich?" Himmelreich ergriff seine Hand. Er sieht mir in die Augen, dachte sie. Verrückt!

"Himmelreich Sieren. Danke, dass Sie sich Zeit nehmen. Es geht um den Präsidenten, Marc Larien. In diesem Beutel habe ich Beweise, dass Marc Frauen verletzt, erpresst und vergewaltigt hat. Es ist alles auf diesen Sticks." Sie streckte dem Reporter den Beutel hin.

"Sie sind verrückt!", sagte er.

"Nein", antwortete Himmelreich trocken.

"Himmelreich? Himmelreich Sieren?"

Die Stimme kam ihr bekannt vor. Himmelreich drehte sich um und sah eine kleine, schlanke Frau, die sie kannte.

"Wie siehst du denn aus?", wunderte sich die kleine Frau. Der Reporter stand stumm und hilflos neben Himmelreich.

"Anna?" Himmelreich lächelte. "Was machst du denn hier?"

"Na was wohl. Ich bin Reporterin. Aber was machst du denn hier?"

"Ich ... Ich habe Beweise, dass Marc Larien, der Präsident, ein Verbrecher ist. Ich will, dass er zur Rechenschaft gezogen wird. Hilfst du mir dabei?"

"Was? Ich ..."

"Alle Beweise befinden sich hier drin." Jetzt streckte Himmelreich den Beutel Anna entgegen.

"Na, dann sehen wir uns das mal an und schauen, ob du verrückt bist oder ob du die Wahrheit sagst."

Sie nahm den Beutel und ging zu ihrem Schreibtisch. Der Reporter und Himmelreich folgten ihr. Sie setzte sich vor ihren Bildschirm. Die anderen zwei schauten ihr über die Schulter. Sie öffnete den Beutel und schaute gespannt hinein. Sie nahm die Sticks heraus und betrachtete sie. Sie steckte einen nach dem anderen in den Computer und schaute sich den Inhalt an. Stick für Stick für Stick. Himmelreich spürte, wie Annas Faszination wuchs und wie ihr Jagdgeist erwachte. Danach schaute sie sich noch die Akten an.

Alles scheint zu stimmen, dachte Anna. Danach wandte sie sich Himmelreich zu: "Wenn das hier wirklich wahr ist, Himmelreich, und das glaube ich, dann ist das ein Riesending und du bist in riesigen Schwierigkeiten."

"Anna. Die haben schon versucht, mich umzubringen, darum bin ich ja hier. Bitte Anna, mach, dass Marc bekommt, was er verdient. Du musst alles veröffentlichen. Ich will ihn in den Knast bringen." Stille trat ein. Aber lange hielt sie nicht an.

"Ich werde das noch prüfen. Ich werde die Zeuginnen nochmals befragen." Himmelreich war erleichtert: "Ich danke dir, Anna. Ich kann dir versichern, es ist wirklich wahr. Es ist auch mir passiert. Ich hatte einfach mehr Glück als die anderen, das war alles."

"Warum bist du nicht schon damals zu uns gekommen?", fragte Anna mit grossen Augen.

"Er hat mir mit dem Tod gedroht."

"Himmelreich, ich verspreche dir, ich werde es veröffentlichen. Ich werde Marc für den Rest seines Lebens hinter Gitter bringen. Dafür sorge ich." Himmelreich umarmte Anna und sagte ganz leise: "Danke." Dann entfernte sie sich und verliess das Gebäude.

Epilog

Die untergehende Sonne färbte den Himmel schon langsam orange. Er war frei von Wolken. Der Sturm war vorüber. Alles war ruhig.

Wie komme ich jetzt zum Cinquecento? Das Auto habe ich gestohlen und ich bin müde, sehr müde, dachte Himmelreich. Sie sah ein Taxi und hob die Hand.

Das Taxi fuhr zur Schnellstrasse und dann auf die Landstrasse.

Diesen Weg habe ich schon weiss Gott wie viele Male genommen, dachte sie und musste lächeln. Es war ein müdes Lächeln. Nicht eines voller Energie. Ich könnte schlafen, dachte sie noch. Schwach vernahm sie durch das Fenster, das ihr Gesicht spiegelte, die vorbeiflitzenden Bäume. Sie nahm das Brummen des Motors wahr. Die Sonne, die das Auto wärmte. All das. Sie verlor das Gefühl für die Zeit. Sie wusste nicht, wie lange sie im Auto gesessen hatte.

Das Taxi hielt vor dem Tunnel an und liess Himmelreich aussteigen.

"Wie viel macht es?", fragte Himmelreich.

"Hundertfünfzig bitte", sagte der Fahrer.

"Ich hab nur zweihundert, können Sie mir rausgeben?"

"Ja." Er gab ihr den Rest und fuhr wieder in Richtung Stadt.

Sie stand als erstes einfach eine ganze Weile nur da

und schaute den Wald an. Vögel zwitscherten, Blätter raschelten, Blumen dufteten. Alles war friedlich. Jetzt hatte sie keine Angst mehr. Tommy würde da sein. Er würde am anderen Ende des Tunnels stehen. Da war sie sich ganz sicher. Sie drehte sich Richtung Tunnel und rannte hinein. Fast am anderen Ende des Tunnels tauchte ein kleines, flackerndes Licht auf. Sie lächelte. Sie gab alles, was sie hatte, sie rannte und rannte und das Licht wurde grösser, und endlich kam sie beim Licht an. Tommy stand lächelnd und völlig schmutzig mit einem Feuerzeug in der Hand da. Himmelreich fiel ihm in die Arme. Sie küssten sich.

"Was soll das Licht?", fragte Himmelreich.

"Es ist die Hoffnung", antwortet Tommy.

Sie verliessen den Tunnel und gingen zum Cinquecento.

"Hat es funktioniert?", fragte Tommy.

"Ja, das hat es. Ich habe eine alte Freundin dort angetroffen. Sie ist Reporterin. Sie kümmert sich darum. Ich vertraue ihr."

"Du hast das genial gemacht", sagte Tommy mit Bewunderung.

"Hast du Benzin dabei?", fragte Tommy plötzlich.

"Nein. Warum? Warum brauchen wir Benzin?"

"Na, wegen dem Cinquecento." Himmelreich blieb

stumm.

"Habe ich dir das nicht erzählt?", fragte Tommy.

"Jetzt, wo du es sagst. Dein Cinquecento hat kein Benzin mehr ... Nein, ich habe kein Benzin dabei."

"Dann müssen wir wohl den Cinquecento bis zur nächsten Tankstelle schieben."

"Wir?"

"Du. Ich kann nicht. Das Bein tut weh ... Ach ja, woher kam eigentlich die Beretta?"

"Von Mike. Als ich nochmals hochging, sagte er mir, dass ihr zwei etwas im DarkNet gekauft hättet. Er sagte auch, dass es schon geliefert worden wäre und dass ich es dir geben soll. Da nahm ich es mit. Dachte, es könnte uns behilflich sein."

Tommy nickte und stieg in den Cinquecento ein. Himmelreich ging auf die Seite des Autos und schob es zurück auf den Weg. Um ihn in Fahrtrichtung zu bringen, musste sie den Cinquecento vor und zurück stossen, während Tommy, gemütlich im Auto sitzend, das Lenkrad drehte.

Ich bin doch so müde, dachte Himmelreich leicht verärgert.

Nach einer Weile fragte Tommy: "Hast du Lust auf Musik?"

"Ja, warum nicht", antwortete Himmelreich.

Tommy schaltete sein Radio ein. Er konnte es sonst nie benutzen, wenn der Motor lief. Oh, es funktioniert noch, dachte Tommy erstaunt und lächelte. Während sie langsam aus dem Tunnel rollten, erklang I'm So Glad I'm Standing Here Today.

Tommy lächelte die ganze Zeit. Auch Himmelreich lächelte.

Wie geht es weiter? Wie sieht es morgen aus? Wie sieht die Zukunft aus? dachte Tommy. Ach unwichtig. Dieser Tag ist überstanden, dieser Kampf ist zu Ende, dieser Kampf ist gewonnen.

"... to forgeeeet you ...", sang Himmelreich und sah Tommy verschmitzt an.

"Danke schön", flüsterte Tommy. Himmelreich schob den Cinquecento, Tommy sass darin, sie hörten Musik und so rollten sie gemeinsam in den Sonnenuntergang hinein. In das unendliche Licht, das niemals erlischt. Niemals.

E N D E

Die Autorin

Lina Studinger wurde 2005 in Basel, direkt am
Rhein, geboren. Wie ihre zwei älteren Geschwister
ist sie Homeschoolerin. Das Schreiben begleitet
die passionierte Harfenspielerin, Sängerin, Tän-
zerin, Cosplayerin und Kampfsportlerin seit ihrer
Kindheit. Neben ihrer Tätigkeit als Schriftstellerin
verfolgt sie eine Laufbahn als Harfenistin. Ihr erstes
Buch widerspiegelt gleichzeitig ihre Liebe zur Musik und ihr tiefes Bedürfnis, frei und selbstbestimmt
zu leben.

Der Verlag

Wer aufhört besser zu werden, hat aufgehört gut zu sein!

Basierend auf diesem Motto ist es dem novum Verlag ein Anliegen, neue Manuskripte aufzuspüren, zu veröffentlichen und deren Autoren langfristig zu fördern. Mittlerweile gilt der 1997 gegründete und mehrfach prämierte Verlag als Spezialist für Neuautoren in Deutschland, Österreich und der Schweiz.

Für jedes neue Manuskript wird innerhalb weniger Wochen eine kostenfreie, unverbindliche Lektorats-Prüfung erstellt.

Weitere Informationen zum Verlag und seinen Büchern finden Sie im Internet unter:

www.novumverlag.com